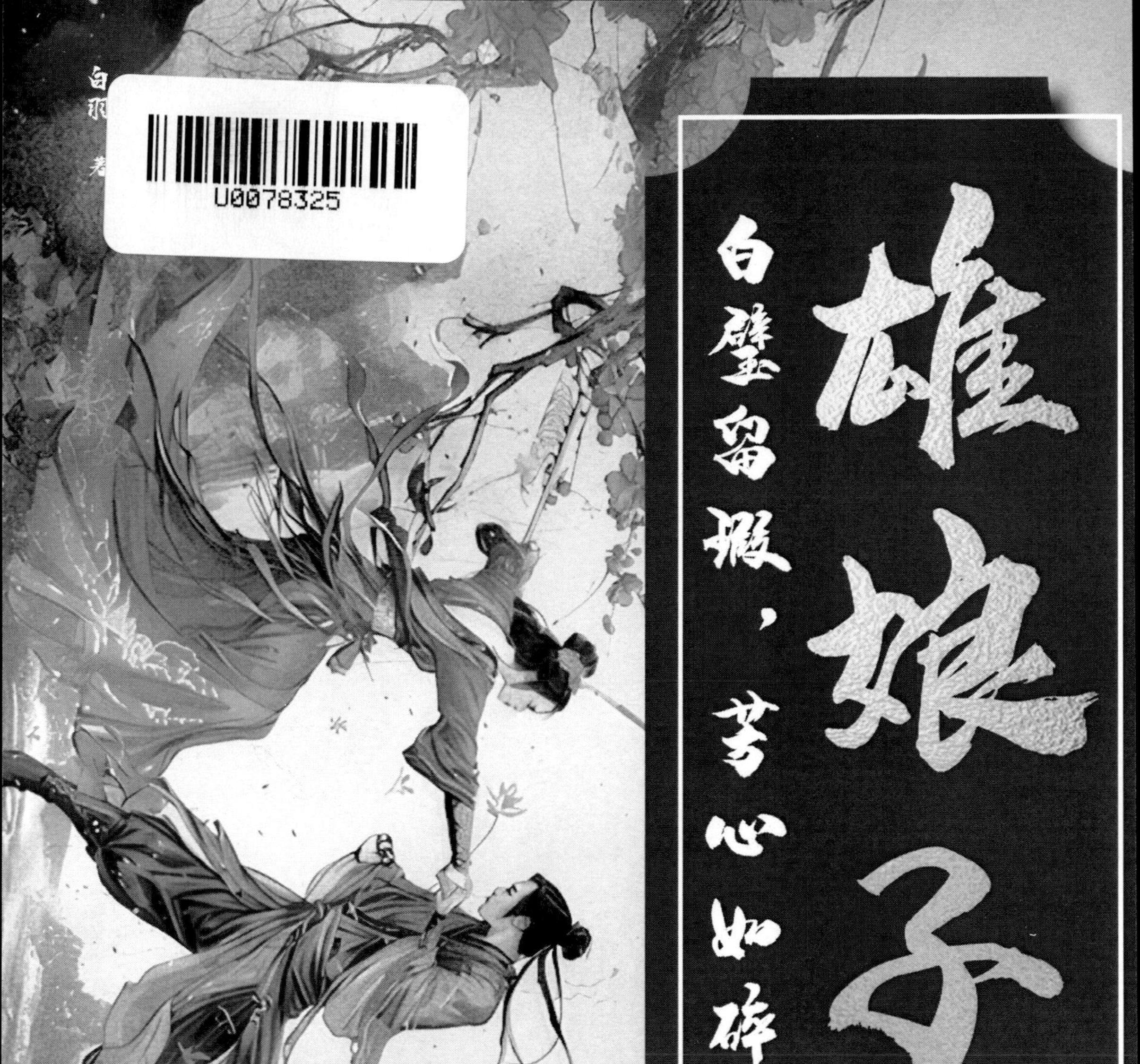

白羽 著

雄娘子

白璧留瑕，芳心如碎

「我一定要拿你的血，來洗刷我的恥辱！」

「雄娘子」非英雄更非娘子，乃淫賊「張青禾」！
他憑藉美貌及武功四處欺侮良家婦女，
俠女黎小霞誤陷魔手，從此失貞……

目錄

目錄

第一章　車前攔雙美，酒樓論人妖

湖南株洲西南，有一個小地方，叫做黎家沖。黎家沖地方住著一位隱居的老武師，名字叫黎道朗，原是南方有名拳師。

當黎道朗中年的時候，在岳陽一家鏢局做事，鏢局字號是長勝記，總鏢頭朱宏業，年歲已老，他卻很佩服黎鏢師的武藝，把他倚為左右手。因著黎道朗鏢師，不但武功好，而且人緣佳，所交的朋友，各界都有，拉攏既大，在保鏢行自然吃得開了。

往往有別位鏢客，押貨出行，沿途發生了事故，得罪了江湖人物，甚至於鏢貨被劫，經長勝鏢局聞耗之後，就派由黎道朗鏢師，拿著長勝鏢局的名帖，備具拜山的禮物，前往肇事地點，疏通人情，每每地能把失鏢和平討回。以此黎道朗在鏢局勞苦功高，一直幹了二十來年，已經升為副總鏢頭，而且加了「人股」。

等到黎道朗鏢師五十多歲的時候，本局鏢客又因爭鏢道，和同行起了糾葛，雙方鏢客竟以武力拚鬥起來。臨到末了，總鏢頭朱宏業，仍煩黎道朗前往折中，費了很大的力量，幸得化險為夷，把鏢道爭回來，卻得罪了好幾位朋友。黎道朗為此灰心，覺得同業相爭，比起跟綠林道打交道還難，他就暗暗地有了退志。

如此又對付了幾年，黎道朗已然五十七歲，並且家成業就，子女長成了，他就向鏢局告老乞休。恰好此時他的第一知己好友總鏢頭朱宏業已然逝世，朱宏業的二弟朱宏道接管鏢局，黎道朗決計退股，告老還鄉，朱宏道自是懇切挽留。無如黎道朗去志已決，又耽擱了一個多月，到底算清股款，退出鏢局。那朱宏道自然依禮餽贈，又排筵歡送。黎道朗便這樣善退了。

黎道朗老不歐心，回轉黎家沖，拿出錢來，開了一座酒樓，又在店鋪後面，鋪著把式場，照樣授徒傳藝。這時候，黎道朗的一子一女，早已長成。長子黎紹光，幼承父學，善使單刀鐵拐，年已二十七八歲，生得長身量，重眉毛，兩肩甚闊，十分雄壯；次女黎小霞，年已十八，至今未嫁，也生得長身玉立，氣度英爽，頗有英雄氣概，善使雙刀，又精暗器，卻恪守閨訓，從不在外面炫才。外面的事，和酒樓的營業，都由黎紹光主持，老當家的黎道朗只和門徒們在酒樓後面練武場，督促門徒習藝，也不過是一半結習難忘，一半隨意消遣罷了。

這一日，夏末秋初，寶泉居酒樓（就是黎家新開的那一號），當未申之交，正是午飯已過，晚飯未到，酒樓飯座空虛無人。少掌櫃黎紹光也覺得悶悶無聊，便推樓窗，往外閒眺。

酒樓對面小巷，住著一家姓張的讀書人，家中人口恰與黎家一樣，也是一個老頭兒，守著一子一女，老婆兒早死了，不過張老者不甘寂寞，新續弦娶了一個二十七八歲的老處女姓王。這老處女大概是因為婚姻不遂，芳春虛度過去了，現在雖然出了嫁，給張老頭做了填房，她卻被環境激迫，脾氣很怪。而且張老者不比黎武師，那是一個身體很弱的老頭子了，與這張王氏年貌既不相當，這老處女做填房就鬱鬱不樂，每每地好生悶氣，鬧小性，跟這前室之女張家姑娘鬧著彆扭，連兒媳婦也跟她不和。所幸張門乃詩禮之家，雖然娶了這麼一個幽怨乖僻的繼室，大體上尚能相安於室，不過不甚融洽罷了。

張姑娘今年十九歲，小名桂枝，從前和黎小霞，乃是閨房良伴。自從張家繼室過門，黎小姐看出這張王氏撇嘴咧嘴的怪脾氣，就漸漸跟她們疏遠了，而且黎小姐年歲也大了，也不便串門子了。

張家的大少爺叫張金鉉，和黎紹光又都是本街上出頭露臉的人物，女眷雖不常走動，男子照樣往來。街面上每有公益的事，多是黎紹光和張金鉉出頭，所以，黎家和張家不但是近鄰，而且是通家之好。

這天午後，黎紹光在酒樓清靜的時候，對窗閒看，恰望到張宅的門口，門口只有一個小販。放著鮮果挑子，有一兩個小孩，圍著果挑買零食。還並沒有怎麼，黎紹光只是漫不經心地閒看罷了，一心上空空洞洞的。忽然間，由大街抬來兩乘小轎，跟著一輛轎車，直開進小巷張宅，便停住了，一個聽差，一個女僕，先從車上下來，過來到轎旁服侍，轎簾一挑，先下來十六七歲一個少女，衣裙富麗，是大家閨秀模樣，黎紹光並不認識，大概猜想，許是張宅的親戚眷屬了。第二乘小轎下來的，恰是張家桂枝小姐，兩位小姐由女僕跟隨，都進宅去了。聽差先進去一趟，隨後拿出錢來，把小轎和轎車全打發走了。於是哐啷一聲，張宅的朱紅大門交掩，小巷除了果挑，又寂靜無人了。

少掌櫃黎紹光在酒樓上，看了個清清楚楚，想這大概是張桂枝到亡故的母親的外家去了，這是剛回來，但不知同來的少女又是何人。心頭微一作念，隨後也就丟在腦後，把眼光一放，更望到遠處。遠處是鎮外農田，一片青蒼，被片片林木遮掩，黎紹光看了一會兒，又放眼往下看，恰好又注視到小巷張宅門前，這工夫，忽有一穿長衫、戴大草帽的少年，從大街穿過，一直進小巷，到張宅門首停住。片刻之間，圍著張宅繞了兩圈，末後就到果挑前邊，似乎也買果子吃，又似乎正和果挑小販搭訕著說話。這個少年忽然回頭往身後望了一眼，從身上掏錢，買了兩大捧果子，分給挑子旁的孩童，一面湊合著，跟小孩攀談。

少掌櫃黎紹光是個行家，一見這情形，心中一動，自己問自己：「這個傢伙是做什麼的？看光景分明是刺探什麼。他是私訪的六扇門，還是拾買賣采盤的黑道朋友呢？」不過這少年穿著打扮，類似書生，又不很像黑道上挖窟窿、跳牆頭的合字。黎紹光心中滋疑，不覺得盡力注目下望，只可惜相隔較遠，看不十分仔細，更看不出這少年跟小販講什麼話。

但是黎家沖這個市鎮，因是黎鏢師故鄉，一向地面很安寧，巨盜關照情面，不肯來打攪，小賊懼怕威名，更不敢來闖禍。黎家沖可以說這些年，沒有發生過盜案竊案。而張宅又是書香人家，不會犯法被官人查訪的。鄰舍也都是良懦之民，黎紹光這樣想，便又釋然，不再窺看了。他就轉過臉，往別處眺望。

過了一會兒，那少年生客還未走，黎紹光不禁回過頭來，再往下看。那個少年竟又買了許多果子，靠張宅大門，坐在小販的凳上，且吃且問，談個不休，把果核果皮丟了一地。忽然間張宅大門開了，出來一個聽差模樣的人，似乎嫌門前弄髒，衝那小販指手畫腳，似在譴責，想是話頭傷了那個少年客，少年客突然立起身來，和聽差對吵，而且把一堆果子（似乎是瓜子、落花生），都撒在地上，態度很傲慢。聽差也不服氣，兩人竟要動手，被小販作揖打躬地勸開了。

隨後便是聽差嘵嘵地進了宅，拿出掃帚來，那小販搶過去，接了掃帚，代為清除果核。那少年立在門旁，似乎也消氣，等到小販把地掃乾淨，聽差接過掃把進了宅，關上街門，小販也挑起筐來走開，那少年也就不再逗留，轉身出離小巷，轉彎抹角不見了。

黎紹光把這一臺吵街小戲看完，以為這少年穿著雖整潔，大概還是個光棍泥腿罷了，只是氣度又不大象，正在揣摸著，身後一陣樓梯響，上來兩人，回頭一看，前行的是一個戴大帽的長衫少年，和剛才吵街的生客模樣相似，後行的便是本酒樓的堂倌了。

這少年生客上得酒樓，往四面一看，只有他一個座客，他立刻面露笑容，略一踟躕，一直向臨街窗前的座位，擇一個座頭，恰好望得見對面小巷，摘帽子坐下了。堂倌上前，問客人要什麼酒菜，這客人說道：「先泡一壺茶，酒飯隨後再叫，時候離吃飯還早，我要在這裡等候朋友。」堂倌答應著，下樓去了。

少年生客就座四顧，側目看看少掌櫃黎紹光，略一注意，旋即回過頭來，臨窗外望，意態很是消閒。少掌櫃黎紹光，暗暗打量這個生客，已然斷定這一定是在對巷張宅門前打晃的少年，這少年的行止很覺可疑，黎紹光就坐在隔桌，暗中思索這個少年，並要看他以後的舉動。過了一會兒，堂倌給打來淨面水，泡好了茶，這少年慢慢喝茶，兩隻眼依然往對巷看。

少年客守著茶壺，竟喝了半個時辰，被堂倌連問數次，他這才點菜、要酒，一面緩斟低啜，一面伸著頸子，往窗外望著，還是窺看那對巷張宅。這種舉動，引得少掌櫃黎紹光越發不肯離開地方，在旁桌盡量冷眼打量這個少年。只從表面看，這少年瀟灑昂藏，頗有豪氣，似乎不與平常百姓相類。黎紹光更打量他的身手，覺得手掌頗大，青筋微露，與那白皙的面龐不類，這很像一個會武的人，卻又沒有拳師、鏢客的粗率氣。

黎紹光暗想，這個人多半是獨行客，江湖人物，可又有些稚氣，近來株洲一郡，連傳離奇盜案，莫非就與此人有關嗎？心中猜疑，更想仔細察看少年客的眼神和氣度，黎紹光便離開旁桌，閒閒地轉到少年對面的酒座那邊，坐下了，慢慢地窺察。

這少年也抬頭看了黎紹光一眼，似乎毫不理會，仍然獨樂其樂地飲酒閒望。忽然間，少年似有所見，身軀一挺，目露光芒，又扭頭看了黎紹光一眼，收回眼光，低下頭吃菜，黎紹光被他這一看，心中微動，這少年客的眼可有點厲害。

當下，黎紹光越發覺得少年客孤蹤可怪，少年客依然是旁若無人，不覺得耗過了一個時辰，黎紹光心中微笑：「我這黎家沖裡，好久沒有鬧過賊了，莫非今天真要有事？莫非真是對巷張秀才家，謾藏誨盜，勾來了歹人不成嗎？這個，我父子可不能不管。」黎紹光雖然這樣猜，心上還是不肯相信，暗中又想：「且看一看這少年客是否有同夥，在這裡訂約相會。……不過，這少年眉目清秀，相貌不俗，又未必準是歹人。」黎紹光面對一個異樣的生客，未免想入非非，有些個胡思亂猜了。

但等到又耗過半個時辰，已到了晚飯時光，漸漸到上飯座的時候了，於是一陣樓梯響，從下面上來了三個客人，其中有一位是本地商人，和黎紹光還認識，黎紹光忙過來打招呼。那商人對黎紹光說，是與同行借這酒樓，宴請一個遠來的商販。

當下寒暄過了，三個客人落座，那商人還請黎紹光入座，黎紹光當然謝絕了。

三個酒客就坐在少年生客的隔桌，先是分賓主讓座位，次是點菜叫酒，亂了一大陣，方才坐定飲酒。三個客人說的全是買賣交易，隨後三杯入肚，又談到別的閒話上。大概那首座客人是個外江販貨客人，話引話很談了一些「行路難」、「路劫多」的江湖艱險。那個陪客，又說近年地面上不靖，不但出門難，便是在家做生意也是不易。頭一宗是官面的騷擾，和土棍的搗亂，全使得商人沒法子安生。

如此談下去，這三個座客竟由生意經，扯到江湖道了。三個人旋即罵起車船店腳，勾結會幫，種種刁難，比開黑店還霸道。跟著又講起近數月來的盜案。某商某人路遇攔江賊，弄得船貨皆空，只僥倖逃回性命。某商某行雇了鏢客，想不到半路上遇見挖店的小賊。說來說去，竟講到近日吏治廢弛、綠營黑暗，才弄到三江五湖群盜如毛。

黎紹光在旁聽得暗笑，這些買賣人謾罵盜賊，固然是言者無心，只恐怕聞者有意。黎紹光就用冷眼偷窺少年客：少年客似乎不甚理會，只抬頭往這邊瞥了一眼。忽然間，那邊座客又談起了人妖和採花賊，上首客人就大罵起最近株洲發生一件事。說是有個男扮女裝的賊，到處誘騙良家婦女，既破害了人家妻室，又劫女子的珍飾，實在是萬惡滔天。那個陪客就說：「這樣的妖賊，既然是男扮女，想必是生得很俊俏，一準不是正經綠林好漢，多一半是戲班中的旦角，或者竟是武旦，若不然，他怎會有很好武功。男扮女裝的妖人，腳下也是蓮步姍姍，頭上也蓄著長髮，言笑舉動和女子無異。只等到採花作案時，才知他是男子，這樣看來，好人哪裡肯裝扮女人的，這一定是個像姑孌童之流。」

座上客說到這裡，全都笑了。那個做主人的就指著陪客笑道：「我們四爺，就素好男色，你要是遇上這麼一個雄娘子，你準樂了。」三個人說著全笑了。那上首客又說：「據我猜想，這個男扮女的妖賊，也許就是什麼地方大盜的男寵。既然是女子打扮，又有這麼厲害的夜行功夫，他準是大盜的變童，從他孤老那裡，學來的能耐。」那做主人的就大笑道：「有你這麼一猜，大概是這樣的。」又看看那陪客說：「四爺你不是挑識過四喜班的胡彩雲嗎？胡彩雲就天生的跟女人一樣，他的武把子又好，你問問他，會上房不會？」陪客笑道：「胡彩雲只是個花旦，他再不會當強盜。」主人道：「他可是比女人還風騷呢。」

上首客笑道：「所以四爺就教他一個小兔蛋，迷的連家都不顧了。」

於是，這三個座客就大談起人妖和男旦，又提到採花賊，座上客笑道：「這個男扮女的採花賊，也許會碰見男子。像他這麼鬧法，倘有一天碰上一個武功很硬的男子，把他竟當女子活捉住，他也就採不了花，還要被採花吧。」主人道：「那可是沒準的事，他只顧玷汙人家的婦女，他自己也許免不了一報還一報，當下被人捉住，竟拿他當女人……」

正說得興頭上，猛聽砰的一聲，又嘩啦一響。三個客人吃了一驚，忙回頭尋望，只見那隔座的少年客，把飯桌拍得山響，大罵起來。三位座客不知哪裡的事，正瞠目不解，酒樓的堂倌忙跑到少年客面前，抄著手很客氣地問：「客爺，是你……你還要什麼不要？」

少年客怒睜二目，望著隔座，半晌才說：「混帳東西，你們這買賣怎麼開的？這是吃飯的地方，怎的滿嘴噴糞！天生不長眼珠子的下賊坯子，你們一家子全是像姑，你們一家子全是兔蛋！」一片大罵，把堂倌罵得翻白眼，不知所謂。那邊的黎紹光早已望出稜縫來了，可是他把怒火一按，一聲不響，只衝堂倌施了一個眼色。堂倌依然和顏悅色，向這少年客極力敷衍，低聲下氣地問：「是不是要熱酒？是不是還要別的菜？」少年客含嗔不語，仍然斜瞪著隔座，似乎隔座三個客人只一搭腔，這少年便要向他們挑隙。隔座這三個買賣人卻覺得少年客無端發怒，又跟自己不認識，覺得他不會罵到自己頭上，主客三人扭頭觀望著，都愣住了。俄延了一會兒，便沒人拾這個碴，仍然扭轉頭去，照舊傳杯歡飲，照舊談自己的話。

不過那個請客的主人，心意也有點不對勁，疑心這少年指桑罵槐，也許罵的是自己。只是天底下斷沒有拾罵的人，「我卻不理他，我還是談我們的。」眼望著那個陪客，重提前話，那個陪客也自己會意，兩個人咬定了男扮女的採花賊，越發惡罵起來，什麼兔蛋、孌童、像姑、男妓，越說越醜。一面罵，一面側目看著隔座少年，心想：「這小子莫非也是個兔蛋，我們閒談，罵著他了不成？他還真敢答聲不成？我偏要罵，看看到底誰拾罵。」

這個請客的商人，自問應付的招兒很陰，又自恃是本鄉有地位的人，同座的人數又多，料到少年客人單勢孤，不會接明吵。他就一面罵，一面衝那陪客施眼色，兩人含著惡意地笑。

他們萬想不到這個少年早已怒滿胸膛，到此再忍不住了，把桌子一拍，站起身來，面向三客喝道：「你們三個東西，是在這裡吃飯，是在這裡罵街？呔，我問的是你！」

請客的商人見少年紅著臉，瞪著眼發威，他就傲然地把身子往椅背上一仰，冷笑道：「你是幹什麼的？我跟你不認識，你問不著我！」少年越怒道：「我偏要問你，我不是幹什麼的，我就不許你們三個東西，在這裡胡言亂語，髒了太爺的耳朵！」

這商人不識起倒，還拿著僋懶的神氣，向少年說：「我們是罵臭賊，罵男扮女的像姑，我們沒有罵你呀！這可真是怪道。」轉臉對同座笑道：「我們罵兔蛋子，竟有人挑了眼，好像罵了他似的，難道說人還有自認是當像姑的不成嗎？」

他還在說便宜話，少年早已玉面泛紅，順手抄起碟子，罵一聲：「滿口噴糞的東西，大爺今天要教訓教訓你！」兩個瓷碟脫手飛來，這商人哎喲一聲，起身要閃，不知怎的身子反溜到桌子底下，碟子正打在椅子背上，頓時粉碎。少年客跳過來，掄拳就打，那個商人竟夾在桌椅當中，動轉不得。那個陪客和上首客一齊喊罵，站起來要幫拳動手。眼瞧這酒樓就要受池魚之殃，那邊旁觀的掌櫃黎紹光再也耐不下去了，忙走到少年背後，叫了一聲：「客官且慢！」這工夫，少年把那陪客搗了一拳，推到一邊。那上首客才繞桌子轉過來，竟嚇得舉著拳頭空嚷，這個宴客的主人好容易從桌椅夾縫鑽出來，頭頂後背，連挨了少年三四拳，弄了一身菜汁，這時就瘋了似的，撲上來抓打少年。少年只一伸手，便扣住商人的手腕，一帶一推，又把他推倒在椅子上，竟把椅子連人都推倒在地。少年又一轉身，來揪打那個陪客。黎紹光這才迫不得已，把少年胳臂一架，說道：「客官，請不要動手！」

那個跑堂的也早過來，伸手扶攙那個挨打的商人，商人怒極，竟掙扎著，要跟少年撞頭。少年忙把胳臂一掙，竟不料他的胳臂被黎紹光架住，倉促沒有奪出來。少年暗吃一驚，努力一掙，伸左手照黎紹光手臂上一切，黎紹光用左手一穿，把少年兩臂全架住了。然後輕輕一送，把少年客推送出兩三步外，離開了三酒客，然後微微賠笑說道：「客官請息怒！客官看在我的面上，請息怒！」於是鬆了手，把身子橫遮住。

這工夫，堂倌們也已勸住了三酒客，三客依然嘵嘵叫囂，兔長兔短地罵，少年客更是愧憤。等到鬆開手腳，轉身凝眸，打量黎紹光，黎紹光滿臉是笑，不住地打躬。這少年客要變臉打黎紹光，卻是他看出黎紹光的體態神情，似不易與，暗想：「這是個行家！」心中仍很不憤，抗聲道：「你要替他們拔闖嗎？」黎紹光拱手笑道：「客官你誤會了！這小酒館就是在下開的，凡是顧客，都是我在下的衣食父母，如果酒言醉語，吵鬧起來，我在下一定要捨死忘生地勸解，我不敢偏向一方。」很客氣地站在少年客面前，左一個揖，右一個揖，似乎賠禮，恰好把鄰座三客擋住了，叫他們雙方都沒法往一塊湊。

少年客氣勢虎虎，怒目不語。那鄰座三個客人有點不識起倒，此時有了人勸，三個人捋袖子，伸胳臂，喊罵不休，仗恃著三打一，要撲過來群毆這少年客；堂倌們竟攔阻不住，眼看兩邊又要擠到一塊。少掌櫃黎紹光胸中冒火，趕忙轉身，伸雙臂，把三酒客攔住，口中連說：「別打！」急向那做主人的酒客再三示意，又高聲說：「你動不得手，快消消氣吧，回頭我對你說！」

此時酒樓下的人也已聽見喧鬧，跑上來幾個人。內中一位司帳和堂倌們，都過來勸架，黎紹光授意司帳，把三個酒客勸到別間，單留下少年客，由黎紹光對付。

這少年客已經看出黎紹光目露英光，膀闊腰細，兩手粗筋暴露，像個身有功夫的人。他就忽然收拾起怒氣，見座無他人，滿面佯笑，向黎紹光拱手道：「我謝謝閣下，若不是閣下勸架，剛才我一時魯莽，就打出是非來！這實怨我沉不住氣，可是剛才那三個畜生，也真混帳，也許你們這個地方，時興這一套，偏拿髒事當眾抖摟，我是外鄉人，耳朵有點裝不下去……」

這話其中帶刺，似乎連黎紹光也捎帶上似的。黎紹光雖然是鏢師家風，做了多日生意，比較的躁釋矜平，一任少年客惡言詆斥，他只賠笑勸解，又招呼堂倌：「這位客官的酒涼了，快給重燙。」客客氣氣請少年入座，自己在旁相陪，一味順著少年的口氣說，果然把少年的怒氣和敵意全化解了。然後黎紹光假做無意，淡淡地向少年請教姓名，打聽職業，何時來到黎家沖，有何貴幹？

黎紹光問的口氣儘管平淡，少年客不是傻瓜。只是說自己姓張，到黎家沖，乃是路過，要在此地會個朋友，別的話一點問不出來。黎紹光正覺失望，少年客忽然手指臨窗對面的小巷，問道：「黎掌櫃，我跟你打聽打聽，這小巷這對大門，可是姓張嗎？他家可是個秀才，家裡有個年輕姑娘嗎？」

黎紹光順手往外一看，頓時恍然了：「這小子果然是沖張家姑娘來的！好哇，瞎了眼的東西，真敢到我們黎家衝來踩盤子，哈哈！」扭轉頭來，再望少年客，少年客正在盯著自己，想必是自己動了感情，臉上變色了，忙按下心頭火，賠笑說道：「你老問的是朱紅大門那一家嗎？不錯，他家正姓張，倒也是個秀才，家中倒也有個沒出閣的姑娘。不過他們家乃是世代書香，在本地很有勢力，聽說他家至今還僱有護院的武師呢，他們家是一大戶，人口必多，可以說是我們黎家沖首戶，有名叫做張大戶。」他就一半惡作劇，一半敘實，把張家大大形容了一番。又說到張宅的護宅武師，功夫很強，上年曾經捉住挖房洞的小匪，幾乎被他們打折了腿。那少年客漫不措意地聽著，似乎也知黎紹光言中有物，想要開口和黎紹光抬槓，不知怎的，張了張嘴，又不言語了，也不再問了。

這少年客喝完殘酒，就叫跑堂的拿飯來匆匆吃罷飯，算還飯帳，向黎紹光拱了拱手，下樓而去。黎紹光暗想，這東西一定不是好人，只怕我的話未必能把他震住。遂又到樓窗前，往下看了看，已不見那少年徘徊，遂又到那三個酒客那裡，敷衍一陣。這時已到晚飯時候，飯座越來越多，黎紹光便信步下樓，到樓下去了。轉瞬天黑，萬家燈火齊明，黎紹光預備回家，剛出酒樓，突又跟那少年碰上，少年客想是又到這吃夜飯來了，黎紹光暗囑堂倌，留神少年的舉動，他自己一徑回家，找他父親商量此事。

老鏢師黎道朗正在家中飯後閒坐，女兒黎小霞自在閨中刺繡。黎紹光一到上房，見了父母，便問：「妹妹呢？」黎老太太說：「她在廂房呢。」黎紹光便叫婢女快把小姐請來。

黎老鏢師看出兒子的舉動，有些奇怪，遂問道：「什麼事？我看你臉上神氣，好像有事，你找你妹妹做甚？」黎紹光做出淡漠的樣子來，賠笑道：「沒有什麼事，只是今天在酒樓上，遇見了一個外來客，好像綠林人物，衝著張秀才家來的，我打算對父親講一講，把妹妹叫來，叫她也聽聽。」黎老太太不禁失笑：「張家就算鬧賊，有你妹妹什麼事？真格的，你要教你妹妹施展武藝，出去拿賊嗎？」

黎紹光也笑了，說道：「我只是叫妹妹聽聽，好讓她也長一點見識。」談話時，黎小霞姑娘已被使女請來了，挨著母親坐下，向黎紹光問道：「哥哥是叫我嗎？」

這工夫，黎紹光已有些後悔，這話似乎不該當著母親說，母親是最不喜歡兒女談論江湖上的事的，對待女兒，更是嚴加管束，不准她拿刀動劍，以女俠自命的。不過黎老鏢師又喜歡女兒聰明，願意把家傳拳技傳給女兒，說是可以健身、可以禦侮，學會了拳，沒有什麼害處的，何況我們又不叫女兒出頭露面，不打算跑馬賣解，這有什麼相干；而且，黎小霞姑娘和她哥哥相差不多，當年黎老鏢師教給兒子練拳腳、練兵刃時，為了試招的方便，便將女兒與兒子同教，現在女兒的拳技跟兒子也差不多，女兒又喜愛學，兒子又直慫恿，黎老太太雖然不以為然，也拗不過丈夫子女去，平日為了這事，可也短不了抬槓！

當下，黎小霞已然出來，黎紹光儘管自悔失言，也就不能不講，遂對妹妹說：「今天我在酒樓上，遇上一個外來客，好像是道裡朋友，衝著張秀才家來的。據我推測，這個東西多半不是好人，他不只是衝著張家的財產轉念頭，弄不好，還許是衝著張家桂枝姑娘來的……」說著，轉臉對黎老鏢師說：「爹爹，你說怎麼辦？這少年客品貌清俊，兩隻眼卻歹毒，絕不是好賊，而且他盯得很緊，先在張家門口繞，後來又上咱們酒樓來，假裝飲酒，暗中實在是窺探張宅出入路口，而且是來了兩趟。據孩兒推測，這小子如果是下五門合字，今天夜裡，就怕他要下手，孩兒想，爹爹是出了名的鏢師，現在萬一堵著我們的家門口，出了搶案、盜案、淫殺案件，我們簡直是沒法再在黎家沖住了，這是一節。再說張家跟我們又是通家至好，張家桂枝姑娘在她家中，又跟繼母不大和好，萬一外間有個風吹草動，她那繼母更要振振有詞了。剛才孩兒在鋪子裡思索了好半晌，覺得此事我們不能袖手，至不濟，也得想法子關照張家一聲，爹爹你想，怎麼辦才好？」又回顧黎小霞姑娘道：「妹妹可不可以用你的口氣，派個使女去，把桂枝姑娘邀到咱們家坐坐呢？」

黎紹光的意思，是要叫妹妹到張宅假裝串門，送個信去，當著她母親，有點不敢明說。果然黎老太太很不高興道：「你們今天練把式，明天練武藝，把眼都練邪了，望著誰都像是綠林，這哪裡是治家之道？常言說：各人自掃門前雪，不管他人瓦上霜。就算真有小偷兒，衝張宅打主意，又礙著咱們什麼事？況且張家那位續弦娘子，酸溜溜的，我們更犯不上管他們家的閒事！」

黎老太太說話很絮叨，竟麻煩了好半晌，鬧得黎紹光、黎小霞這兄妹倆相視微笑，全不敢搭腔了。黎老鏢師皺眉道：「你又嘮叨了，紹光不過是說，看出有歹人思索我們的四鄰，我們又是幹過鏢行的，不能裝聾裝瞎，我們這是商量商量，你不用管了。」

但是黎老太太不歇心，一定要干涉，這老夫婦眼看要抬槓，黎紹光正要勸解，黎小霞抿嘴一笑，站起來，出去了。工夫不大，黎紹光的妻黎大娘子從廂房出來，到老太太面前，討論裁衣服的事。黎老太太不知不覺，跟著兒媳，到廂房看衣料去了。黎老太太前腳走，黎小霞姑娘後腳進來，面含譎笑，向父親和哥哥說：「娘已經裁衣裳去了，爹爹和哥哥快說吧。可是叫我到張家，關照桂枝姐姐一聲嗎？」

黎老鏢師攔阻道：「你先等一等。」轉問黎紹光：「你說的這個少年客真是綠林嗎？你不會看錯嗎？」

黎紹光道：「決計看不錯，我再告訴你老一件事。剛才那少年在我們酒樓上喝酒時，恰巧鄰座上有三位酒客，因為酒後閒談，順口謾罵賊盜，這個少年客就面帶怒容，很不喜歡聽。後來他們罵起株洲近來鬧的人妖案子，和淫賊採花的案子，好像正罵著這個少年客的心病，他居然答了腔，要打人。孩兒勸了半天，才把他勸住，同時我也就試出他的膂力。他果然很有功夫，那三個酒客竟不是他一個人的對手；若不是孩兒把少年客的臂腕架住，那三個酒客當下就要吃大虧。」

黎老鏢師起初很留神聽，聽到末後，不禁搖頭道：「這未必是綠林，倘是綠林，焉肯在酒樓中露相？」

黎紹光笑道：「爹爹你是沒看見這個少年，這少年客十分狂傲，恐怕是初出茅廬的綠林，所以才這麼張狂。孩兒自信決沒把事看錯。」黎道朗老鏢師仍不甚相信道：「我只怕你看走了眼，現在這個少年還在酒樓不？」

黎紹光道：「一定還在，他又吃夜飯來了。」

老鏢師道：「那麼，我先看看去。」

黎小霞道：「我也跟了去。」老鏢師不悅道：「你一個女孩子家，做什麼去？」黎小霞很不痛快，面對哥哥說：「我一個女孩子，你叫我出來做什麼？」招得黎老鏢師也笑了，用好言安慰道：「我知道你們，學會了本事，願意找個機會試試。你放心，我準叫你試試好了，不過得瞞著你母親。」說罷，穿上長衣服，和黎紹光一同離家，徑奔到酒樓。

那少年果然還沒走，依舊坐在樓上臨街的窗前酒座上，自酌自飲，不時往窗外對巷窺望。少掌櫃黎紹光便暗暗引領他父，隔簾窺伺這少年客的舉動。頭上腳下，望了半晌，黎老鏢師就悄囑堂倌幾句話，然後自己假裝飯客，一直走進來，擇一副座頭坐下，和少年客正好對面，叫來一壺酒、兩碟菜，慢慢獨酌，潛加品察，少掌櫃在外面等候。

這時飯客不少，樓上很熱鬧，但是獨酌的酒客，只有這個少年和黎老鏢師。黎老鏢師乍進來時，這少年只抬頭看了一眼，似乎也覺得黎老精神矍鑠，體格壯偉，有些異樣。可是他依然很傲慢地自斟自飲，不時把堂倌叫到面前，問東問西。堂倌預受黎老之囑，一面權詞答對，一面設言誘引。那少年居然自稱是武林之士了。

黎道朗老鏢師足足窺察了小半個時辰，看眼神，看體氣，看穿著打扮，聽談吐，聽他與堂倌問答，已然斷定黎紹光所料不虛，少年客確乎是個新出手的綠林。黎老鏢師本要上前向他搭話，用言語把他諷走。後來聽少年公然向堂倌打聽張家的姑娘，多大年紀，有沒有婿家，她家中都有什麼人？她家可是黎家沖的客戶首富嗎？這意思簡直公然自認是採花賊了，而且就在酒樓裡打聽，未免太以藐視黎家沖的人物。黎老鏢師十分惱怒，重重咳了一聲，少年只斜睨他一眼，仍不理會，反倒面帶傲容。黎老鏢師越怒，索性一聲不響，假裝喝完酒，記帳出來。一面打發堂倌，把自己的一個徒弟喚來，叫徒弟暗中綴著這少年客；一面叫兒子黎紹光同他回家，預備把少年賊驅逐，或擒拿交官。

這老人知道他的太太最不願管閒事，臨到家門，告訴兒子說：「不要叫你娘知道，你只把你妹妹喚出來，咱們爺三個，在前院客廳商量吧。」黎紹光笑著答應了，剛要往裡院走，黎老鏢師又把他叫住道：「你不用進去了，想這事不叫你妹妹知道也好。她一個沒出閣的女孩子家，讓她參預這拿採花賊的事情，也嫌不好。」

黎紹光游移道：「這怕不行吧，妹妹平日以女俠客自居，學好了武藝，總想得機會一試。你不叫她參預，她若曉得了，又該耍小孩子氣了。」

這父子二個站在外院客廳門前，低聲商計，隨說隨進了客廳，命雇工點上燈火，黎老鏢師隨便坐下了，叫黎紹光在旁邊。想了一想，說道：「一個女孩子，哪能盡依著她一貫的性子去做。我看對付這個少年賊，就由你我父子二人，再加上你那兩個師弟，人數足夠了，很不用你妹妹下場。」

黎紹光道：「但是，我們要想關照張家桂枝姑娘，不叫妹妹去，又打發誰去呢？」

黎老鏢師沉吟道：「我的打算是，四面下卡子，你我父子師徒四個人，恰好分四面張網，賊子若來，我們四麵包圍，把他活活擒住，簡直不必驚動張家，我們就把賊逮住了。」

剛說到這裡，忽然窗外接了聲：「我們女孩子就不該學武藝，爹爹引著頭，教我們練，就只許我們跟哥哥打下手，所以練會了武藝，也不准用，是不是！」

父子倆一齊抬頭，往窗外看，知道密議的話叫黎小霞姑娘偷聽去了。父子倆哂然一笑，黎小霞已然含嗔帶笑，走進來了。故意努著嘴向哥哥說：「你剛才把我提登出來，現在又跟爹爹瞞著我，你們拿著，還不許我們看看熱鬧嗎？我只問爹爹，當日教我們練武藝，到底有什麼用？況且剛才你們本來答應我了，現在怎又反悔？」

老頭子望著這滿面嬌嗔的女兒，點頭微笑道：「孩子，不是我反悔，我是怕你母親不答應。」黎小霞道：「所以你就連我跟娘一塊瞞起來了。我只問哥哥，到底還用我不用？不用我，為什麼又故意饞我？」說著，她坐在父親身邊，發出了威脅的話道：「反正這一回我也看出來了，爹爹和哥哥又要管閒事，又要背著娘，你爺倆不把我打點好了，我到娘那裡告訴去。」

黎老鏢師皺眉笑道：「是了，是了，我就只許你跟去看看熱鬧，你可不要動手。」黎小霞道：「不動手就不動手，可是我得跟哥哥一樣，必須帶了兵刃去。」黎老鏢師道：「那倒可以。」

父子兄妹就在客廳內間，悄悄地計議應付賊人之策。一切都商計好了，只剩下一節，是通知本主張家呢，還是瞞著他們，悄悄把賊趕跑，或捉住交官？

依著他們初計，是不打算驚動張宅。可又想到，張秀才雖然沒有護院的武師，家中卻有雇工、壯丁，夜晚拿起賊來，又真怕良莠不辨，引起誤會，最後還是覺得暗暗關照他們一聲好，這樣一來，便談到教誰去傳話了。黎老鏢師要叫兒子黎紹光，去知會張秀才父子，黎小霞自告奮勇，要去知會張桂枝姑娘和她的繼母。兄妹倆互爭起來，好在他家跟張宅相距不遠，黎老鏢師說：「你們兄妹倆一同去也好。」

這時已經快二更天了。黎小霞姑娘並不修飾，只進去繫了裙子，便偷偷溜出來。黎紹光也穿上馬褂，兄妹二人就提著一盞燈籠，也不帶使女，也不帶長工，徑到張宅叩門。

第二章　護芳鄰兄妹禦寇

張宅的門戶很嚴緊，一到天黑了便加門上鎖。黎紹光敲了好半晌，張宅的長工方才隔著門搭話。等到問明白了，仍不敢開門，把客人蹲在外面，轉身進內宅，通報宅主。這時張翁和他的繼室夫人，已經歸寢，還未睡熟。只有張秀才在書房念文章，一聽說黎家大爺有要事來拜，嚇了一跳，忙討鑰匙，叫長工端著燈，把街門開了。

在搖動的燈影中，張秀才問道：「黎大哥黃夜光臨，有什麼事情？」忽一眼看見了黎小霞，越發駭異，拱手說道：「這是……這可是……」黎紹光忙道：「是舍妹！」黎小霞也笑著答聲道：「張家大哥連我都不認識了？」張秀才道：「哎呀，我沒看出來，原來是黎世妹，我真想不到世妹和大哥一道來的……快請裡邊坐吧，你們兄妹夜間見訪，莫非有什麼……事嗎？」

黎小霞撲哧一笑，和黎紹光且往裡走，且說道：「張家大哥頭前引路吧。這麼黑的天，我們來了，自然有事。伯父、伯母安歇了沒有，桂枝姐姐睡了沒有？」

張秀才陪伴紹光兄妹，進了前院，吩咐長工，重門上街門。一面回答應道：「家父早睡了，舍妹這工夫大概……」說著眼望西廂扇，見有燈光，接著說：「她大概還沒有睡。」因為他們兩家是通家之好，不肯往客廳讓，張秀才就把黎氏兄妹往自己住的東廂房讓，卻先隔窗叫了一聲：「少奶奶，黎家大哥和黎家二妹來了。」

張少奶奶剛把被縟鋪好，聞聲忙應了一聲，慌慌張張，把被縟掀起來，在屋中答應道：「哦，快請進來吧。」

黎紹光叫張秀才在前面走，兄妹二人跟著在後，一面走一面打量院內的格局，院內倒也有一盞燈，地方很寬敞，當下來到屋裡，看見張少奶奶正立在外間屋心，彼此見禮遜坐，黎小霞坐在茶几旁，黎紹光坐在客位，張秀才夫婦滿面惶惑，只坐在一邊，獻過茶之後，張秀才就問：「大哥和二妹今晚閒在呀，可有什麼事情？」夫婦兩個都眼巴巴看著這兄妹的嘴，靜聽發話。

黎紹光自知來得倉促，已使主人驚訝，便放緩了聲音，淡淡說道：「大哥今天沒出門嗎？」

張秀才道：「沒有。」

黎紹光道：「可是桂枝妹妹今天出門了吧？」

張秀才道：「她嗎？她今天沒出門……她是前幾天到外婆家住了幾天，今天坐車剛回來的。」

黎紹光道：「就是桂枝妹一個人來的嗎？」

張秀才答道：「不，還有外婆家的孫女兒，玉潔妹妹同她一塊來的。」說著，眼望黎氏兄妹靜等下文。

黎紹光道：「那就是了……」底下的話，他竟不知何從說起。一來他的口訥，二來他知道張秀才家忌諱很多。他正在斟酌說辭，黎小霞忍不住衝張娘子發話道：「大嫂，我問問你，這工夫我桂枝姐姐可睡了沒有？請你費心，把她請過，我告訴她幾句話。」

張娘子道：「我看看去。」站起來，就往外走。張秀才仍問黎紹光道：「大哥，到底是怎麼一回事？你們打聽舍妹回來沒回來，究竟是怎麼個意思？」

黎紹光沉吟說道：「大哥，你可別怪罪。今日白天，桂枝妹坐車回來的時候，我在酒樓上，瞥見一個人，在車後面緊綴著，等到桂枝妹妹和令親下車之後，這個人還是在府上徘徊不去，末後又到我們那個酒樓上，隔樓窗往府上窺看。當時我便看出這個人，絕非良民，很像是個走黑道的綠林。而且這個人年紀很輕，氣度很狂傲，必不是尋常的小賊。近來大哥可聽說株洲的兇殺案嗎？」

張秀才還沒聽完，便滿面通紅道：「這這豈有此理，黎大哥據你看，這個人真是歹人嗎？」

黎紹光道：「這個人確是歹人，不但小弟看出來，我還請家父看過，家父也斷定他不是平常挖牆洞、偷雞摸狗的小賊，上月株洲發生的那件兇殺案，聽說是個採花妖賊……」

張秀才的臉更紅了，又是害怕，又是害臊，口中卻不住說：「豈有此理，豈有此理，我們乃是書香人家，哪能招引來這種的歹人，黎大哥你不要嚇我。」他簡直有點諱疾忌醫的意思，倒怪著黎紹光不該往壞處猜想似的。

黎小霞撲哧的笑了，插言道：「張大哥既然這麼看，也很有理，也許是家父、家兄看錯了人，虛驚虛詐，那就算我兄妹不該來就是了。哥哥我們走吧！」

她才站起來，張秀才又慌了，張著手說：「不不不，黎家妹妹不要誤會，我是說歹人太可恨了。黎大哥給我送信，我們很感激。不過，不過，現在天黑了，我們怎麼辦，報官也來不及了，可是的，黎大哥，這賊是一個賊，還是兩個賊？還是好多好多賊？……」

張秀才簡直是沒有勇氣來聽惡消息，他不住口地說：「豈有此理，豈有此理，賊怎麼單衝我們來？我們黎家沖的財主很多，就是有年輕姑娘的人家也很多很多，他他他，這惡賊怎麼偏生找到我家！這不是家門不幸嗎？」

他正在這裡怨天怨地，一籌莫展，這工夫他的娘子，已將妹妹張桂枝姑娘邀來了。

張桂枝姑娘今年已經十九歲，且經許配人家，因故尚未過門。桂枝姑娘確是生得很俊美，而且也很明智。她一聽黎氏兄妹夤夜來訪，問了幾句話，趕緊起床，掠了掠髮，走了出來。

張桂枝剛一進屋，黎小霞立刻迎上去，握住了桂枝的手，容得桂枝向黎紹光見過了禮，問候完了，兩個姑娘就相攜坐在床邊，張桂枝是個很聰慧的女孩子，凝眸向黎家兄妹一望，又看了看哥哥的神色，立刻發話道：「黎妹妹，你有什麼事，要對我說？」

張秀才正要講話，黎小霞搶著問道：「桂枝姐姐你可曾理會今兒白天，你坐車回家的時候，有一個年輕的外鄉人，綴著你的車，一直跟到你家門口嗎？」

張桂枝杏眼一轉，想了想道：「恍惚是有這麼一個人似的，莫非這個人是歹人嗎？」

黎小霞笑了，把桂枝一摟道：「桂枝姐姐，你心眼真快，你可記得這個外鄉人是從什麼時候，在哪個地方，就跟綴下來的？」

桂枝姑娘低頭良久道：「這卻記不清了。」又改口道：「我起初沒有留神，大概是在半路上才瞥見這個人。只因這個人忽然趕到車前，忽然跟在車後，賊眉鼠眼的，非常可惡，一直到我們的車伕衝他叫喝，他方才留了神，玉潔妹也對我說，這東西可恨！我們臨到家，下車的時候，這個東西居然跟到巷內。玉潔妹只回頭看他，是我叫玉潔不要回頭，我們就進家了。我也沒對嫂嫂說起，我想這是個年輕的混帳罷了。黎妹妹忽然問到這個，可是知道這東西，真是歹人嗎？」說著，俊目往在座各人臉上一掃，見諸人都看著她，她不禁紅了臉。

黎小霞姑娘，就把父、兄窺察此人的可疑情形，很快地告訴了桂枝姑娘。又說：「據父、兄揣測，此人絕非良善，恐怕今夜他就要到府上來，潛行非法之舉了。故此我家父和我家兄合計了一下子，念到舍下和府上的交情，趁現在時候還早，打發我兄妹來，關照府上，要多加防備。」……話還沒說完，張桂枝姑娘驀地驚羞交迸，臉色由白轉紅，由紅轉成灰色，她是個玲瓏剔透的少女，立刻聽懂了黎小霞未說出口的言中微意。

她卻是很膽小的女孩子，竟掉下眼淚來了，一手抓住黎小霞，一手抓住了嫂嫂，很惶恐地說道：「這可怎麼好？這一定是歹人，我我，我們怎麼辦呢？」

張娘子也很吃驚，忙向丈夫說：「快把長工們叫起來了吧，我們趕緊報官。」

張秀才立刻大聲喊叫：「長年！長年！」（長年，就是南方人喊長期雇工的名詞）。黎紹光笑攔道：「張大哥，且先別慌。你們家的長年，不過是幾個鄉下笨漢，恐怕不足以護宅防盜……」

說著湊到秀才耳邊，低聲道：「大哥你先想一想這歹人的來意，他是為什麼來的？第二步再盤算個應付之法，而且要現在就實行起來。」

黎紹光的話，就是暗示秀才，賊人乃是採花來的，可是這話絕不能明點，張秀才還是沒有聽明白，澀聲說：「賊人還有別的打算嗎？一定不是偷，就是搶，我說黎大哥，到底這賊是一個人，還是有同夥？你猜是怎麼個來法？他要打算怎麼樣？還是明火，還是暗偷？」

這話問得黎紹光兄妹暗笑。那桂枝已然猜出黎氏兄妹偕來的意思，越發羞得她滿面通紅，又不肯說出口，隻眼望嫂嫂，希望嫂嫂比哥哥明白一點，替自己想個妥當法子。不料張娘子跟丈夫一樣，當事則迷，立刻要稟報公婆。這夫妻倆一遞一聲地亂出主意，可是一點準打算也沒有說出來，惹得黎氏兄妹很不耐煩，黎紹光首先說：「張大哥，你看看什麼時候了，你怎麼還是亂糟糟，你還不拿出準辦法來？」

黎小霞更乾脆，手拉著張桂枝姑娘，站起一眼望黎紹光說：「哥哥，你就不用再催張大哥，張大哥這工夫分明是亂了方寸，現在第一步，是該把他們的府上長年叫起來，教他們悄悄地上房，悄悄地巡邏，別的不行，替府上打更線還成。」

黎紹光搖頭道：「他們一些鄉下人，膽量最小，叫他們巡風，反倒誤事。」黎小霞咳了一聲道：「不管怎麼樣，你趁早替張大哥布置吧，你們不要說了，越說越亂。」她的意思，是催哥哥越俎代謀，趕快替張家安排防賊禦侮的辦法。黎紹光想了想，笑著站起身來，對張秀才說：「大哥，你不要尋思了，快跟我出來吧，我們弟兄，通家至好，我小弟怎好袖手避嫌，現在我要不客氣，替你府上派兵點將，勘地設防了。」催著張秀才，出離廂房，叫起群僕，點了許多燈籠，到前院後院各處照著，張秀才一面惶恐，又一面犯疑心，以為那個少年外鄉人也許不是賊，也許是黎氏兄妹看岔，其實他是有點怕事，他府上的長年也多一半不肯相信，以為黎紹光是個練武藝的闊少爺，黑更半夜跑到這裡來鬧賊，簡直是顯本領，開玩笑，黎紹光並不管他們主僕的猜疑暗笑，依然很認真的布置。

同時，黎小霞姑娘，也拽著張桂枝，來到西廂房，這正是桂枝姑娘的臥房，那個玉潔姑娘已睡在繡榻上，並沒有醒，黎小霞悄悄地私問了張桂枝許多話，張桂枝含羞點頭，承認了那個少年異鄉客，兩隻賊眼確是直盯了她倆一道，並且那個人在半路上，還和她們的車伕吵過架，那個人故意跑到車前攔路，為的要看看車中的桂枝姑娘和玉潔姑娘，車伕叫他讓路，他竟口出不遜。張桂枝承認這個異鄉客心懷不測，大概是衝她們來的。張桂枝又垂淚說，回家之後，心上很難過，父親年老，母親是繼母，心腹不能對她說，嫂嫂是個沒主意的人，哥哥是個書呆子，又說自己此時很害怕，倘或這個異鄉客真是歹人，懇求黎小霞設法救她，她的話很可憐，縱然有父兄，有母有嫂，好像他們並不能體貼女孩兒的苦情。

張桂枝這樣訴苦，越激動了黎小霞的不平，她立刻打定了一個主意，要把張桂枝姑娘接到自己家去，她自己情願李代桃僵，睡在張桂枝姑娘的臥房裡，等候歹人前來。她告訴張桂枝，她的武功自信能夠禦侮，她已經帶來了匕首和暗器，她要會一會這個少年的採花賊。她毫無顧忌地叫出這「採花賊」三個字，張桂枝羞得抬不起頭，忙掩住黎小霞的嘴，叫她不要說這樣的話，這樣的話傳到繼母耳中，必然向父親說桂枝舉止輕狂，才把採花賊引到家來，桂枝是有著這個顧忌。黎小霞聽了，越發勃然大怒，立刻催張桂枝跟自己回家暫借一寓，她決計要替張桂枝姑娘留在張家，等候這個惡賊。她首先把這個辦法對桂枝說出，張桂枝自然是求之不得，可是黎小霞叫她避到黎宅，天色這樣黑，時候這樣晚，道路雖近，在她看來，還算是遠，抓住了黎小霞的手，說道：「黎姐姐，我不上你府上去，行不行？我就藏在我自己家裡，你看好不好？」

黎小霞看桂枝這等嬌怯，心中很不謂然，萬一賊人來到，勢必動手，那豈不把這位小姐嚇壞了？可是黎小霞不好過於強迫桂枝往自己家去，恰好張娘子驚驚惶惶的，也站在身旁，黎小霞就問張娘子：「張大嫂，你說怎麼樣，是叫桂枝姐姐暫到舍下躲一躲，還是藏在府上別的屋裡？」

張大娘子也說不出準主意來，她此時只惦記著要稟報公婆，她唯恐將來受這繼母婆婆的抱怨，黎小霞問她話，她簡直心不在焉，怔了一會兒，才說：「還是跟她哥哥商量商量吧。」

這工夫，張秀才被黎紹光牽率著，已將前後院勘巡了一遍，把闔宅奴僕都叫起來，分派了一下。眾奴僕出來進去的一鬧，上房張老員外已然驚醒了，只有他的繼室夫人，嬌惰已甚，依然睡得很熟。張老員外不忍驚動這新娶的嬌妻，慢慢爬起來，披衣拖鞋，站在窗前，輕輕問了一聲：「是誰在外面哪？你們亂什麼？可是下雨了？」張秀才慌忙答道：「老爺子，是我，外面沒有下雨。」張老員外道：「沒有下雨，你們打著燈籠照什麼？」原來外面的燈光，照到上房紙窗，張老者看見了。

張秀才倉促沒有回答，張老者穿好衣履，回頭看了看床頭，床頭人倚枕側臥，香夢正酣。這老人便悄悄地溜到堂屋，開了房門，走出來了，低聲喝問：「你們到底亂什麼，可是鬧賊，還是鬧鼠狼？」又問道：「那是誰？可是張升嗎？」

張秀才答道：「這個……」黎紹光忙一舉手中燈籠，大聲叫道：「張老伯，是我，我是黎紹光。」

張老員外唔了一聲，十分詫異道：「原來是黎紹光大少爺，黑更半夜……莫非你父親身上有事嗎？」他的話是疑心黎道朗老鏢師半夜害病，黎紹光前來討藥。黎紹光笑著走過來，見了禮，然後說：「老伯沒睡嗎？小姪到府上來，倒不是舍下有事，乃是府上有點事，小姪特來送信。」

張秀才本不願把實情對年老昏庸的父親說出，黎紹光卻因聽出張老口氣不快，也就引起他的不快，便咳了一聲，把採花賊行將光顧尊府的話，率直說出來。因又講到自家和張家的交情，既有所見，不敢不告。「小姪這是奉家父之命，偕同舍妹，前來送信的。」

黎紹光話太直了一些，頓時說得這老人臉盤一綳，怫然不悅。可又見到他的大少爺，督促奴僕，竄前跑後，聽得情勢緊張，他也有些心慌。這老頭子向來沒有準主意，先說出：「不能，不會有，我家怎麼會招出賊來？」又說：「倘若賊真來了，那可怎麼好，報官也不好，不報官也不好，官面上專會欺負鄉下財主的。」末後又質問黎紹光：「你們沒看錯嗎？」

黎紹光只得說：「沒有看錯。」

這老人又問：「賊準來嗎？」

回答道：「大概準來。」

老人卻又問道：「你看他今晚上準來嗎？今晚上什麼時候來，來幾個賊，他們要想怎麼樣？他們怎麼單衝著我家來，為什麼不思索別家呢？」末後又問：「你們怎麼知道的呢？」

這個老呆子越問越不像話，好在黎氏兄妹素來曉得他，是色厲內荏的老廢物，便不屑跟他計較。黎紹光依然很客氣地回答他所問的話，說是在酒樓上目睹賊人在府上踩道。黎小霞恰在那邊聽見，暗暗生氣，脫口說：「張老伯，你不要細問了，賊人若來，就在三更以後，現在時候不早，要提防，就該快準備了。」

張老員外搔頭道：「哦，姪女也在這裡了，我還沒有看見呢，你說怎麼準備？」不等回答，他先說出自己的辦法，吩咐奴僕，前後院，裡外屋，一齊點亮了燈，人要聚在一處，都拿了棍棒刀槍，賊人一到，立即吶喊。這樣一來，預示有備無患，準可以把賊嚇走。

這法子一說，他的大少爺首先贊成，他家的奴僕也應聲讚歎：「還是老太爺的主意高，這種匪人不過是欺負住戶孤弱，這樣一辦，把匪嚇得不敢動手，又不失財，又不結怨，而且也積了德，也省得驚動官面，自惹麻煩。」

這位奴僕讚不絕口，原為討家主翁的歡喜，黎氏兄妹不約而同，齊哼了一聲。黎小霞比哥哥嘴還快，忍不住說道：「這法子好倒是好，就有一節，賊人見硬就回，卻不免乘虛而入，你總不能天天擺陣，夜夜設防呀。照你這樣說，天天大舉等賊，賊不來，久耗生厭，不等賊，賊又突然而至，那時候，又該怎麼辦？何況這賊不是好賊，他不只要偷要搶，他還是個採……」剛說到這裡，她的後襟被張桂枝姑娘扯了一下，黎紹光也忙插言打斷，道：「對！對！舍妹的話很對，家父也這麼說，所以才打發小姪到府上來，家父叫小姪轉達老伯，御賊之法，不可虛張聲勢，必須暗中布置，給賊一個厲害，教他知難而退。家父說，虛張聲勢實在就是示弱，凡做賊的都懂得，主家越鬧得凶，賊人越知道他好鬥。賊人最怕的是，主家靜悄悄毫無動作，虛實難測。到底宅中有無防備，外面一點看不透，賊人倒不敢輕舉妄動了。」又道：「現在時候不早，小姪既來，一定要替府上設法御賊。最好是把賊誘進來，捉住他，那時或打，或放，或送官，給他一個厲害，他就再不敢正覷府上了。老伯當知家父乃是老鏢師，對這賊情確有深知。老伯只要信得及小姪父子，一切請望安，小姪兄妹情願留在府上，替你老把賊給打走了。」

張老員外聽黎紹光這樣透徹一說，頓時不言語了。心中暗想，敢情這麼好，只不知黎家父子這等熱心代謀，有什麼私意沒有？

其實黎氏兄妹的私意，不是沒有，他們不過借此炫才逞能，要表示他們的武師門風，不許宵小在黎家沖胡為，也可藉機一試所學。黎小霞姑娘竟比哥哥心眼還多，見張老頭佇立不語，料他又犯了愚而多疑的毛病，便微微一笑，徑直揭破他的疑猜。叫了一聲：「張老伯，府上鬧賊，家父打發姪女們過來，絕不是多事好事，也不敢賣好逞能。實在因為家父在這黎家沖，乃是有名的武師，斷不允許鄰居親友家下鬧出盜案來，那於他老人家的名聲太有妨礙了，我們是為這個來的。況且靠府上跟舍下的交情，家父既有所知，更不肯袖手旁觀了……」

黎紹光也笑著接聲道：「舍妹小孩子說話，太嫌爽直，可是她講的倒真是實話。」又一指天空道：「時候可快到了，老伯不要多慮，趕快地叫他們布置吧。」

張老頭至此漸漸釋然，連連拱手道：「我謝謝你兄妹的盛情，現在我們該怎樣呢？」卻又皺眉頭，說：「怎麼賊人單打我家呢？況且我又不是本鎮首富。」

黎紹光不禁微笑，復道：「現在就請老伯照常回房安寢，院裡院外一切事，盡請交給張大哥和小姪，我們兩人一塊兒安排，管保不叫你老受驚。」

正說著，張桂枝姑娘悄悄走到父親身邊，低聲說道：「爹爹，黎家姐姐要叫我到她家暫住一宵，她要替我在西廂房等候一晚上。賊萬一來了，她說她可以拿袖箭把賊打跑，爹爹你說，我是去好呢，還是在家好呢？」

張老頭道：「哦，這個，你屋裡不是還有玉潔姪女兒嗎？她現在哪裡？」張桂枝道：「玉潔妹還睡著，沒有醒呢。」張老頭道：「你倒不必躲開，你索性到上房來，在西套間睡就行。倒是玉潔姪女，人家乃是客，不要嚇著她，她歲數又小。」

張桂枝道：「但是玉潔妹這工夫睡得很香，還得把她叫起來嗎？」

張老頭眼望黎氏兄妹道：「我看也無須要這麼大驚小怪……簡直的就叫黎家姪女跟你們倆，都在廂房一待，反正後半夜，你們睡靈醒一點就完了。賊人真敢造反不成？」

張秀才掩言道：「還有她嫂子，索性也搬到西廂房，這東廂房可以請黎大哥跟我，在裡面守候動靜。」張娘子一塊石頭落地，忙向黎小霞、張桂枝說道：「這樣子很好，兩位妹子咱們先進屋吧。老爺子你也不要在當院站著了，怕受了夜寒，你請進上房吧。」

張秀才和黎紹光一齊請老員外回家安歇，張老員外更沉不住氣，再也不能就枕，就進了上房，把燈剔亮，看一看繼室娘子，依然睡得很香；老頭兒不忍驚動，坐在床邊，一時看看這年當少艾的嬌妻，一時看看窗，心頭麻亂，等候看鬧賊。

院中的黎小霞，左手拉著張桂枝，右手拉著張娘子，三女相伴，進了西廂房。黎小霞立刻看了看房中情形，請張娘子到內間繡榻，與玉潔姑娘共枕，把帳子放下來。小霞姑娘自己拉著張桂枝，預備在明間床上假寢，以等候賊人，催張桂枝姑娘先行上床，全不脫衣服，外面蓋上夾被，也放下帳子，就手要把桌上的銅燈熄滅。想一想又不熄滅，拿來放在地上，信手找了一銅盆，用東西墊高，把燈亮扣住。

張桂枝眼睜睜看著黎小霞的動作，似瞭解，又不盡瞭解，她心中受到無形的恐怖，十分不安，睡不著，坐不住，在繡榻上翻來覆去，直折餅子。黎小霞扭頭看看她笑，依然自己忙自己，把暗器、小劍都備在手頭。這口小劍只一尺多長，心想當時與賊人對敵，太不應手，站在屋心想了想，打算找哥哥回家，拿她那一口二尺八寸的長劍去，於是她掀簾要出，張桂枝在榻上出了聲：「妹妹別走，我怕！」黎小霞回頭失笑道：「我不走，這就回來。」於是她一徑找到對面東廂房，隔門喊她哥哥。

哥哥黎紹光此時也正布置，帶著張秀才，安排好了外面，然後收拾東廂房，也是用扣燈亮的法子，把一隻燈籠藏在屋內。張秀才有人仗膽，這工夫也拿著家藏的一把古劍，比了又比，試了又試。黎紹光瞪眼笑，這把劍就只是古玩，並未開鋒，如何能防身傷賊，正在勸秀才丟下寶劍，上來睡覺，黎小霞姑娘已然隔門縫叫道：「哥哥在屋嗎？你出來！」

張秀才大驚，嚇得退後一步道：「你聽，黎妹妹叫你了，賊準是來了！」

黎紹光也被他鬧得心虛，忙抽匕首奔過去，問道：「什麼事，有動靜了嗎？」隨說隨將門開放，黎小霞道：「哥哥，我們還得回家去一趟，我們的應手兵器全沒有帶來，哥哥是你去一趟，還是打發他家聽差去取一趟呢？」

黎紹光忍不住笑起來道：「好好，你這一叫門，把張大哥嚇了一跳，連我也慌了。」兄妹二人原來打定的主意，是要回去一趟的，一面要給父親送信，一面把張小姐送去借寓，現在主意已變：黎紹光想一想，便告訴秀才，要叫張家的雇工，到自己家去取兵刃，外帶傳信。這時二更已過，將到三更了，張家的雇工支支吾吾的，不大願意出門，黎紹光不悅道：「算了吧，還是我回去一趟。」也不打燈籠，提好匕首，站起來就走，張家長年給開了街門，黎紹光氣哼哼往外走，心說：「管閒事，找麻煩，我倒成了求他們的人了。」他前腳走，黎小霞追在後面叫道：「哥哥，你到我房裡，千萬把我的那口劍找出帶來，我使別的傢伙不合手。」

黎紹光漫應了一聲，拔步出門，來到小巷，徑往自己家走去。

卻不料就在這時，夜行人已然潛蹤而至，正伏在鄰院，往張宅虎視眈眈地窺望。

黎小霞目送哥哥出去，轉身回來，由張宅外院，進了內宅。張秀才這時候想起了走黑道需要燈亮，把那個藏在東廂的燈籠，拿了下來，手打著由內宅往外院走，且走且說：「大哥，給你燈籠不要摸黑走！」

這個燈籠卻和黎小霞姑娘碰了個對臉，黎小霞的面貌恰被燈光照耀得清清楚楚，明明白白。鄰房上的夜行人，凝神下窺，也就看了個清清楚楚，明明白白，心中說：「咦，這又是一個漂亮女子，跟白天那個不大一樣，哦，這麼苗條，手裡頭還拿著傢伙！」這個夜行人物正是被人妖玉蜻蜓桑林武引誘誤入歧途，流為採花匪的雄娘子張青禾。

張青禾自恃貌美，每每顧影自憐，也倣法桑林武，忽然扮作女妝，設計誘騙良家女子，忽然又露出本來面目，幕面男裝，夜襲民宅，以武力強施淫威。在短短的八個月中，連被他淫汙少婦少女五六個。當他以女妝誘姦時，自稱是落難女子，逃亡婢妾，懇求良家閨秀收容，乘夜懇談，拿媚情豔語挑逗。

等到女子們被他說得春情流露，他就猝然滅燈，與女子並枕，把女子迷住了。就有堅貞之女，也無法拒絕，因為他除了美色，還借重玉蜻蜓送給他的藥物藥酒。到了那時，女子們往往守身無術，一任他破壞了貞操，甚至喪了性命。可是他玩厭這套媚術時，也突然扮成凶眉豎目的妖精，用祕製的假鬼火，持刀登榻，威嚇良婦，故意嚇得女子們戰戰兢兢，迷迷糊糊，他然後橫施強暴，歡然地欣賞這喪膽待屠的羔羊。

張青禾便這樣日趨下流，挾技孤行，一味縱情淫虐，但是他又十分乖覺，深知自己是嵩陽派南支劍客門下的叛徒，嵩陽派群俠已經接受他的義母兼恩師的杜十一娘杜若英的控告，正在到處訪拿他，他便忽東忽西地亂跑，並且他時時化妝，天天改扮，行蹤詭密。到一個地方，絕不作旬日以上的勾留，訪拿他很難著手，他越發得意妄為了。

他被淫朋拉入了下五門，卻不與下五門的人們交接。除了他那幾個淫朋，他誰也不敢信，對誰也不說實話，以此全身遠害，自謂奇禍可免。可是他有時清夜自思，也會懺悔起來，常常睡夢中驚醒，覺得師長同門追來了，把他捉住了，要把他亂刀分屍了，便突然嚇得叫起來。然而他自知罪深孽重，今日就想贖罪，也知師門不能輕恕，嵩陽派的森嚴的門規條例，倒擠得他無地自容，明知自己往地獄走，已然陷入泥潭，擺脫不出來了，而況耳旁還有壞朋友，在那裡勾引，而況還有淫虐的怪興趣，在那裡把他迷戀住，他終於無力自拔，做成十足的一個淫惡之徒，不久便得了「雄娘子」

這個綽號。

張青禾到處漂泊，一來避禍，二來尋樂。當時溜到黎家沖小地方。在這小地方，突逢雙豔，便是張桂枝姑娘和玉潔小姐。他明知這兩個女孩子夠不上絕色，他竟睜著一對色迷眼，跟著盯梢，要看看兩個女孩子對他怎樣。果然這兩個小姐被他盯急了，桂枝姑娘的臉紅紅的，放下車簾，低聲吩咐車伕快走；張青禾反倒欣然得意，邁開大步，跟牲口賽起跑來。居然走出不遠，被他搶到車前，口中發出調皮話，遮前竄後，漫無忌憚地鬧，引得車伕跟他鬧起來，他滿不在乎，一直跟綴到張家門口，眼看著兩位小姐下車進院，他依然徘徊不去。

他竟看中了嬌嗔滿面的張桂枝姑娘。玉潔小姐年歲小，望見一個生人綴車，她不由得好奇心生，側目流盼；張青禾越發高興了，自言自語道：「兩個都不壞！」

於是他盤算辦法，決計今晚一箭雙鵰，究竟是裝女郎呢，還是裝妖精？張青禾暗想，這是兩個女孩，我若假扮落難女子，恐不相宜，而且深宅大院，也怕挨不進門。想來還是裝妖精，可以把兩女孩子全嚇住，全弄到手。打定了主意，隨即探道。繞張宅轉了一圈，末後上了酒樓，由樓窗下窺張宅房舍的建造款式。兩次登酒樓，窺街窗，竟引起了黎氏父子的憤怒。

現在他就要下手裝妖，黎家兄妹也就要動手捉盜了。

張青禾伏在那鄰院房上，窺見了另外的一個女子，就是俠女黎小霞。黎小霞漫不措意，由外院回轉內庭，偶然抬頭，往上一瞥。其實黎小霞沒有看見張青禾，張青禾自己多疑，暗道：「不好，這個女子怕是行家！咦，她怎麼直往這邊瞧？而且她手裡還有刀？」

這工夫黎小霞很快地走過去了，一男一女，一高一下被牆阻擋，誰也望不見誰了。張青禾道：「不對，我得盯住了她，到底她望見沒有？看這小娘大概手底下有玩意兒，我不要吃了她的暗算！」一時多心，從潛窺處，伏腰蛇行，往這邊繞來。繞到分際，便由鄰院屋頂溜到牆頭，直起腰來，看準落腳處，嗖的一竄，由牆頭跳到另一排房上，身法是十分迅速。這樣再一繞，便可迫近張宅，俯身徑可察見黎小霞姑娘究往何處去了。卻不料張青禾只顧盯著黎小霞，外邊來了黎紹光。

黎紹光回本宅取了兵刃，告訴了乃父黎道朗老鏢頭。老鏢頭也跟來了，老鏢頭多年的江湖經驗，剛到大街，仰望天星，便說時辰已近，匪人若來也該到了。立刻吹滅了燈籠，掖起長袍，命兒子黎紹光抽劍出鞘，將暗器也備好。不走正路，父子相偕，悄悄地貼牆根，躡足急行。於是十分湊巧，瞥見了伏繞房脊、三面窺院的採花人雄娘子張青禾。

黎道朗老鏢頭暗拉黎紹光，黎紹光也瞥見了。父子倆各持兵刃，各帶暗器，一聲不響，唰的分開，不敲張家街門，悄悄地溜到前後院牆根。黎道朗老鏢師持刀在外潛伺，黎紹光持刀越牆，跳入張家後院。

黎氏父子想，此時不到三更，匪人暫時還不會入戶作案。

哪知此人色膽如天，自恃蒙藥有靈，薰香助虐，竟敢裝神弄鬼，提早動手。

少年採花賊張青禾，瞥見了急裝短劍的武林少女黎小霞，他心說：「這可有趣，我還沒有會過手下有功夫的漂亮女子呢，今天真是天賜良緣！我若把這個女子弄到掌握，大可不必始亂後棄，我可以把她拐走！叫她給我做伴，做獵豔的釣餌！」

又想：「她也許手底下很有玩意兒，桀驁不馴，我應該先把她麻酸了，玷汙了，再把她治醒，把真面目擺給她看。自古嫦娥還愛少年，何況我有著這麼漂亮的臉龐兒，這麼硬朗的功夫，我一定能夠把她戀住，教她怎樣就怎樣。她就算支吾，我給她軟硬一齊來。上月那個姓虞的女孩子，也是拚命支拒，拿刀威嚇她，她都不怕。但等到我把她拍過去之後，乘她昏迷不醒，讓我恣意蹂躪了個夠，我把她剝得赤條條一絲不掛，然後我摟住她，把她救醒，她不是一點撐拒的能力也沒有的嗎？……被我連睡了好幾夜，末後她倒哭著央求我，一點也不鬧了……我把她整治得神魂顛倒，拿真事當了做夢，拿做夢當了真事。實在是我把她熏過去了，她倒當作夢中會情郎。她含淚問我，是做夢，是真的？問我是人，是鬼？那簡直有意思極了，她把我當作五通神、靈鬼狐仙了。臨到末了，她竟無可奈何，一到夜晚，三更以後，便偷偷遣開使女，自己修飾打扮，擦胭脂抹粉，換新衣裳，穿繡花鞋，等著我去。我也用不著迷她了，她倒迷上了我。末後幾天，倒在我懷裡，央告我把她娶了，她也知道我是個匪，她已經失身於我，再也沒法子出嫁了，只可將錯就錯，教成全她。但是，她一開頭拒絕我時，我倒覺著扭手扭腳，很有意思，現在她竟認了命，跟我百依百隨起來，我就膩煩了，我可也未忍害她，我把她丟下一走！」

張青禾追想舊日淫孽，腦海隨見幻景，黑影中彷彿看見那個虞姓少女身遭淫汙，無可奈何，反而忍辱乞憐的淒哀面容，蹙著眉峰，含著眼淚，要求自己不要始亂終棄；然而她當初拚命拒奸，實是貞烈之女，一旦失身，竟甘心啞虧，反願委身下嫁淫匪，她這不是太矛盾嗎？然而這正是舊禮教獎勵片面貞節的自然結果，女子失貞，不論是情願，是遭強迫，一樣被道學所不齒，社會流俗，倒是對那始亂終成的男女，肯於原諒，以為善補過，虞姓的女子一片私心，便是想到，既已失身於張青禾，倘得嫁給他，反倒遮羞。她哪裡知道，張青禾並不真愛她，只是縱情淫虐，而且日久生厭了！

虞姓少女的日後結果，當然很悲慘，張青禾現在伏在張家牆頭，眼望黎小霞的俏影，陡發遐想，忽然看花了眼。黑影中現出這一個黃瘦少女面孔，向他凝睇含怨，十分悲苦，他頓然眼差，乍見這面影似是虞家少女，隨即一變，變成血淋淋的另一個俊俏面孔了，那卻是他數月前，被他慘殺的另一家閨中少婦。

張青禾心中一迷糊，頓然忘其所以，身在房頂，不禁忘情唔的一聲。那由院心已走到西廂的小霞姑娘，正伏在窗前，微啟窗幕，悄然向外偷窺匪徒。西廂房的銅燈，依然用銅盆扣住，光不外射，屋內昏昏暗暗。黎小霞手中，只有一把一尺八寸長的短劍，不足以應敵，渴盼胞兄把長劍取來，可是胞兄黎紹光竟一去不回，黎小霞姑娘十分焦灼。

當她這樣窺窗待援的時候，床頭上的張桂枝小姐，在黑影中看呆了，也嚇愣了，忍不住低聲叫了一句：「黎妹妹，你瞧什麼，可是，可是匪來了？」

黎小霞不禁著急地說：「你怎麼叫起來了？」趕緊轉身連打手勢，不教她出聲。黑燈影裡，張桂枝小姐只顧驚慌，沒有看出手勢。她只覺一個人留在床上，十分危險，竟又低叫了一聲，掀起被單，摸索著要下地。她是纏足姑娘，並沒有脫鞋，連睡鞋也沒敢換，自然也沒有脫去小衣。她竟戰抖抖地溜下屋地，要湊到黎小霞姑娘跟前仗膽。她可就忘了屋心的銅盆和銅燈，還墊著書。她躡手躡腳地一走，叮噹的一響，把銅盆踢翻了。嚇得她失聲驚叫，同時屋內的張大娘子、玉潔姑娘也嚇出聲了。

張桂枝小姐慌慌張張奔過來，把黎小霞攔腰抱住叫道：「妹妹，我怕！」屋中的張大娘子和幼稚的玉潔小姐也互相摟作一團，以為賊人來到了，闖進來了。銅盆一翻，銅燈立見，貼地發出了暈光，映到紙窗上，雖不是燦然大亮，也照得門縫窗隙微露一線之明。

黎小霞姑娘大恚，趕緊放下窗簾。

張桂枝緊緊摟住她的腰，呼呼地喘息著，語不成聲地叫：「妹妹，救救我！」黎小霞這隻手還拿著匕首，那手也正潛摸暗器囊；一生氣，騰出手來，掩住了桂枝的嘴，騙她道：「匪還沒來，你嚷什麼？」

張桂枝戰戰兢兢道：「我害怕，匪沒來嗎？妹妹你瞧什麼？」仍然摟住黎小霞，整個身子往黎小霞懷中鑽，恨不得教黎小霞抱著她，她才不慌。竟把黎小霞累贅得沒法，也不能察看來匪的趨向了。

第三章　幕後短劍窗畔嗅異香

黎小霞一面撕羅，一面悄聲埋怨說：「你看你嚇得這樣！賊還沒來，你就把我揪住，那不是給賊留空穴，讓他闖進來嗎？」

又發狠道：「這不行，你還是……你就不該留在這裡。這工夫也不能上我家藏著去了，簡直的，咳，你索性進裡屋，找大嫂子去吧，教她給你仗膽，我在外頭替你等賊。賊來了，我就給他這一刀，這都有我呢，你還怕什麼！」

當下，黎小霞插起匕首，也顧不得外面的賊人，裡面的燈光，把張桂枝架起胳臂，硬攙進內間黑影中，張大娘子也正摟著玉潔哆嗦。黎小霞悄叫了一聲，把張桂枝抱上床頭，送到大嫂子懷中，於是張大娘子、張桂枝、玉潔，一個少婦、兩個女孩子，互相偎抱著，擠在內間床頭。黎小霞索性給她們放下床帳，堅囑數語：「賊這就來，再聽見什麼動靜，你們千萬可不要出聲了，再出聲，可是自找倒楣。」

黎小霞這才又好惱、又好笑地轉身出來，重將銅盆扣好銅燈。一切擺布舒齊，重奔到窗前，微掀窗幕，再察匪蹤，匪人早已離開了對面房頭，不知溜到哪一面去了。黎小霞往裡屋瞥了一眼，憤憤不已，抽匕首轉到另一窗前，扒幕縫，撕窗紙，重尋匪影，匪人的影子仍然不見。同時她的胞兄黎紹光已然取刀回來，但並未叩門。

黎小霞雙眉微蹙，緊咬銀牙，暗暗地生氣……不料這工夫，這獨行少年賊張青禾，已然窺見西廂的黵影，也猜破她們幾個女孩子暗中是有準備。

這少年賊微微一笑：「這一定是剛才那個拿小劍的女孩子窺見了我，她一定在屋中暗暗設下埋伏，要騙我上當。丫頭，你把我看成什麼人了？你真敢跟我鬥？」

雄娘子張青禾，他立刻伏身蛇行，繞到西廂後，立刻拿出了他的化妝，很快地扮成妖精。他也知西廂中女子既有行家，這鬼臉假磷火未必嚇得住她；可是他還有別的方法，他打扮完畢，立刻又取出了薰香盒，四外一瞥，飛身跳到西廂房後夾道。抬頭一找，找見了西廂房後窗，立刻沾唾津，點破小小一洞，把薰香盒的機關弄好，伏身暗隅，用火摺悄悄燃著了點薰香引火物，鼓動起來，很快地把薰香點著。然後，挺身站起，傲然四顧，嘴角微浮淺笑，立刻撲到西廂房後牆根，將放香盒的喇叭口，對準了紙窗破洞，站在後面，鼓動小風箱，頓時濃煙發作，穿窗洞灌入西廂房。

不料此時，黎小霞姑娘在西廂屋中，聽見了鼓風的微響，她到底江湖經驗不足，雖然會武，竟不懂運用暈香匣子的伎倆，雖然聽說過昏香賊，卻想像不出昏香該如何用。她已然覺出屋有異味，她反倒不躲；她居然藝高人膽大，既感到後窗發出異響和異香，她居然撲過來，要撕開外窺，要看個究竟。

她竟提一尺八寸長匕首，在屋心微微一竄，來到後窗根，伏窗覷一目，往外細瞧。當此時，少年賊雄娘子張青禾的一隻眼，也正往裡瞧，兩隻手也正往裡鼓搗。兩個人陡然對了臉，同時出了聲。

黎小霞嬌叱道：「好大膽的賊！」匕首往外穿窗一削，就在同一剎那間，也咦的一聲低喝：「什麼味？」驟忘厲害，用鼻子連連尋嗅，竟吸入很多的蒙藥。陡覺眼花繚亂，頭腦轟轟，地轉天旋，不能支持，失聲一叫，忙往後一退，便跌倒了。

卻是她手疾招快，她那一尺八寸的匕首，已然破紙窗，刺中了外面的匪手，外面的匪哼呀一聲，把手縮回，手背上迸出熱血。

少年匪張青禾大怒，而且色膽如天。匆忙中收搶起薰香盒，把創口一按，抽出了劍，他使的仍是嵩陽派的劍技，並且很快地探囊掏出兩個布卷，塞住自己的鼻孔，唰的跳上窗臺，把窗扇一扯，掠空翻入西廂房的窗臺。西廂房薰香菸氣灌入得不太多，卻也顯得薄霧迷離，足以使喘氣不舒。

張青禾穿窗跳入人家的深閨。黎小霞誤中薰香，坐倒地上，僥倖知覺尚未全失，兵刃更未脫手，見匪人襲入，倏地一滾，身體挺腰跳起。就在這一滾身之際，將手中尺八匕首一挑，立刻挑起了扣在地上的銅盆，亮出來放在地面的銅燈，燈光閃閃，隨人影掠風，霍霍跳蕩，但依然能夠燭物見人。

黎小霞瞥見了膽大包天的少年匪，少年匪盯住了膽豪氣傲的黎小霞姑娘。平地上，燈影搖曳裡，照不見雙眸蘊怒的黎小霞的芳容，卻照見了貼地雀躍的蓮鉤。張青禾見所罕見，歡然大悅，面含詭笑，興沖沖喝一聲：「呔，丫頭，不許動！」劍光一閃，翻窗直入，合身猛撲過來。

黎小霞姑娘止不住目眩心跳，她不知自己已中薰香之毒，反恨自己遇變怯敵，咬緊銀牙往後一退步，側身挺刃，一尺八寸長的短劍，照敵人刺去。張青禾啟窗帶笑，身勢不停，長劍一揮，簡直是欺負人家女孩子刃短力弱。噹的一聲響，竟把黎小霞的小劍磕飛，直激到前窗，破窗拋落到院中。

黎小霞姑娘喲的一聲叫，心頭小鹿亂跳，渾身酥軟，薰香的藥力循血液，散布到全身了。幸藥盡猛，受毒無多，黎小霞神志尚還清醒，她正應該振吭呼救。卻見少年匪一臉褻意，向自己撲來，右手劍奔黎姑娘的粉項，左手爪竟奔了黎姑娘的細腰；那意思是用利劍一嚇，左臂便要插入女子的右肋，居心叵測。要把黎姑娘抱住，甚至於挾走。

黎姑娘一股急勁，杏眼圓瞪，緊盯敵手，竟倏地扭轉柳腰，微退弓足，可惜的是短襟小打扮未全改換。短劍已失，雙拳一錯，亮開了猴拳，竟奮不顧身，兩手空空，很迅猛地挺身搏敵。這隻纖手一格張青禾的左腕，那隻纖手便抓張青禾持劍的手腕，整個身軀僂著，直搶到敵人懷裡。

張青禾很識貨，心中微微一驚，這個姑娘居然會空手入白刃的招數，而且應變快，空著手硬往自己懷裡擠，這分明是逼迫自己，使利劍沒有發揮的餘地。他立刻微微撤半步，左手掌一磕敵腕，右手劍往回一縮，突然往外一吐，「金蜂戲蕊」，正取黎小霞的心窩。

這時候，黎小霞姑娘頭腦涔涔然，已然支持不定。張青禾這一劍，貪戀女色，未下絕情，他若快速，黎小霞立被刺中胸膛。他不忍下毒手，他另安著毒念，而是劍勢前挺略緩。黎小霞驚叫一聲，忙用左掌硬來奪劍，居然奪住了敵人手腕。恰在同時，張青禾陡發怪吼，本扮妖魔，左手一抹臉，頓時磷光滿面，現出了巨口獠牙，就用這左手，往下一削黎小霞奪劍的手腕。不防黎小霞身手很快，左掌伸出來奪兵刃，卻有虛有實，見硬就回，不等到敵人招到，強拖敵腕，往裡猛然用力一擰，右手掌緊握拳頭，撲地搗上來。

張青禾玩弄敵人，欺負她力弱。黎小霞這一拳直奔面門，並不怕他這張假鬼臉，而且喝出來：「呔，好賊！」張青禾反而受制，慌忙一側臉，哼哧一聲，腮幫狠狠挨了一拳，把個假鬼臉打落地，掛在耳輪的巨口獠牙全掉，只剩了半邊蒙額角、遮眼眶的綠油綢面幕。

雄娘子張青禾吃了舉動不狠不猛的虧，黎小霞罵道：「惡賊，教你裝神弄鬼！」用雙手強來奪下敵人的寶劍。她也小瞧匪人，匪徒張青禾這一隻持劍的手被黎小霞雙掌擒住，那一隻左手卻空閒著，只聽他罵一聲：「好丫頭！」陡然施「黃鶯托腮」，緊扣咽喉，把黎小霞下顎一托；下面雙腿一錯，一絞一絆，更掉臂把黎小霞整個身子往外一擠，黎小霞頓時失勢，趕緊側臉退步，奪劍的雙手不待破，而自行鬆開。

張青禾乘敵招亂，就手用力，橫劍一拍。這工夫黎小霞救招急躲，雙臂收回，往上一穿，原為破解張青禾扣咽；張青禾一躲，竟踏著了黎小霞姑娘一隻細足。不由得疼得她哎呀一聲銳叫，想往外掙，已不能夠。張青禾更進一步，再施陰損之招：這隻腳不抬，那隻腳硬上，右手劍一晃，左手掌當胸一推。

黎小霞姑娘撲噔一聲，玉樹傾斜，栽倒在地。就被這一震，腦際轟轟，耳鳴眼花，薰香的力量越發按壓不住。可是她到底不弱，竟施「燕青十八翻」，往外一滾還想跳起。無奈右足奇痛徹骨，頭腦暈眩，柳腰連擺，到底又跪倒在地了。少年賊大喜，揮劍上前，要活捉此女。黎小霞姑娘猛將右手一揚，發出的暗器相距甚近，勢難躲閃，偏生黎小霞呼吸短促，芳心狂跳，竟失了準頭，竟被張青禾略略一個側身，閃開了暗器。

同時疾如電火，他也探囊取出一物，照黎小霞劈面打來。黎小霞急待退避，不料這暗器不是尋常鏢石袖箭，才出手便騰起一層迷霧，籠罩了黎小霞。黎小霞欲避無從，趕忙屏心攝氣，到底呻吟一聲，被這暗霧撲倒。

張青禾大悅，叫道：「好你小妮子！教你快活！」飛身過來，俯腰撲捉。竟把黎小霞挾在肋，奪門要走。陡然間，戶外一聲暴喝，連連發來了兩支暗箭。少年賊張青禾急一俯腰，恰已縮身在窗臺以下，暗器全都打空。張青禾十分大膽，挾住黎小霞，撲向後窗要跑。黎小霞神志半昏，尚知身落賊手，狠命地一打千金墜，張青禾便不能騰牆上窗。同時，外面的救兵已在霹靂般狂吼聲中，腳踢前面屋門，急遽撲入；黎小霞姑娘的雙腕也從賊人挾持下，強奪出一隻手來，竟趁張青禾忙亂之際，探手掌猛往上托，硬來扣賊咽喉。

張青禾大叫：「我殺死你！」一面扭項，一面要用劍背箍黎小霞的手。可是這工夫已然來不及，從前門撲進來的人，正是黎小霞之父，老鏢師黎道朗。這老人也是忽略了少年賊的伎倆，更不知道自己的女兒，李代桃僵，反受了薰香之害。他只聽得女兒的一聲驚叫，方才襲入，坐令愛女竟陷魔手。當下大吼揮刀，照張青禾猛砍來。張青禾猛然一施身，就勢把黎小霞一掄，俠女黎小霞竟做了賊的擋刀牌。

黎小霞銳叫了一聲：「哥哥快上，我教賊捉住了！」她並不知來的人乃是她父。黎道朗聞聲大駭，霍地停刀一退，厲聲喝道：「好賊！」張青禾公然還口，笑罵道：「你敢砍！砍就砍死你們家姑娘！」又高叫一聲：「閃開了。」左臂又將肉質一掄，右手劍乘空往外一吐，身似旋風一轉，後窗不好竄，公然奪路，要走前門。

老鏢師黎道朗見狀聞呼，大恚大愧，慘吼一聲，抛刀上前，展開空手入白刃的功夫，截住張青禾，拚命奪劍，其實是奪人。

黎道朗不比黎小霞，年雖已老，精力過人，況又未中薰香之毒，竟揮動雙拳，堵住屋內，與匪人交了手。少年匪張青禾本懷惡意，佯借肉質奪路，實在要挾黎小霞逃走。他卻忘了這件事決計行不通，他再想拿肉質拒敵，反倒趁了對手奪人之願。當下，雙方也只見了三四個照面，張青禾所挾持的黎小霞，已被黎道朗奪住。張青禾的右手兵刃，也被黎道朗冒險扼住手腕。張青禾不認輸，不想走，還要強奪。卻是黎小霞姑娘人雖昏昏迷迷，依然辨清利害，她就趁機奮身一掙，雙手全從敵人臂下掙出來，竟狠狠往上一搗，拳頭搗中張青禾的要害。

匪人不禁哼了一聲，驟然失手。黎小霞又一掙，脫然墜地。同時黎道朗也騰出左手來，右掌捋住敵人，這左手便扣上去，把敵腕一拿。張青禾又失聲一叫，連劍也被人奪去了。

張青禾竟弄得兩手空空，宛然偷雞捨米。黎家女孩子已然跌倒地上，不能再鬥，僅僅一滾身，翻到較遠處。黎家老頭子鬚眉怒張，早揮動了奪來的劍，向匪人唰唰的猛砍下來。

張青禾倉皇失措，往地上瞥了一眼，要奪門而逃，老鏢師堵著門，他立刻要翻身越窗，老鏢師的刀就猛砍他後背，青禾在焦灼之下，怪叫一聲，取出一件暗器，照黎道朗面上一打，不管打中打不中，猛喝道：「看鏢！」飛身掠窗洞而去。老鏢師黎道朗驚喊了一聲，屏息後退，原來張青禾隨手一擦，又泛起了一層迷霧。黎道朗經多見廣，竟不敢跟蹤窮追。也不顧扶救愛女，忙翻身繞從前門竄出，躍短牆上房追匪，更振吭大呼，教長子黎紹光快出來截匪，更連喊小心暗算：「匪是個下五門薰香匪，快追，不要叫他跑了，小心他的暗器！」

老鏢師黎道朗這樣喊，他的長子黎紹太陽能暗隅，早已聞耗跳出來。恰瞥見逃出來的人影，立即橫身追截過去，老鏢師的喊聲，他僅僅聽出「快追」，不曾聽出暗器的厲害，人就提刃猛綴下去。張青禾拚命地在前跑，黎紹光拚命地在後釘，轉眼間，穿鎮出郊，兩人沒入黑影中了。

老鏢師黎道朗又顧念兒子，又顧念女兒。女兒掙出匪手，跌倒地上，想必受了賊劍。這老人又愧又恨，又急又怒，竟丟下兒子，折回來先查看女兒。一口氣奔到張宅，由壁頭跳下，撲入西廂房。先叫了一聲：「小霞！」地上的銅燈早已踏滅，忙尋火種，點著了燈，低頭一看。愛女黎小霞倒臥在地上，喘息聲弱，僅能澀聲低應，以肘拄地，抬起頭來，呻吟一聲，又復躺倒。

黎道朗十分焦急，忙端過燈來，俯身驗看。黎小霞姑娘面色慘黃，鬢髮蓬鬆，衣衫凌亂。這老武師驀地紅了臉，頓足打咳，話到口邊，要問，又不敢問。把燈放到一邊，扶起女兒的頭，放低聲音，低到有字無聲地問：「你你傷了嗎？哪裡傷了，可是遭到惡賊的……」

黎小霞慘笑搖頭，把父親看了一眼道：「是爹爹！」又道：「我沒有，沒有傷，這惡賊人捉住了沒有？哥哥哪裡去了？他太耽誤事……我是受了賊人的薰香！」

老武師心痛愛女，不禁罵道：「你哥哥渾蛋！他追賊去了！」急將黎小霞抱到床頭，重舉銅燈，細加驗看，把黎小霞由上到下，看了一遍，方才吐了一口氣，放下懸著的心，低說道：「孩子，你是怎樣受了薰香？可是睡熟了受的害？你沒有別的傷嗎？現在覺得怎樣？」

這老頭兒也是呆腦，只顧擔心盤問，忘了急救。黎小霞心中難過，叫道：「爹爹，我心上翻騰，快給我一口水。」黎道朗這才想起來，尋找冷茶，給女兒喝了一杯，又用冷茶漬濕手巾，給女兒擦臉。被冷水這一激，黎小霞才清醒過來，可是十分羞憤，躺在床上，切齒掉淚的惱恨胞兄，取劍遲來，誤了大事。

這工夫，黎家父女兄妹，鬥賊追賊，跳踉喊罵，鬧得驚天動地，宅主人張秀才父子和僕役下人，全嚇得鑽在屋裡，不出頭，不哼氣，袖手不管，連吶喊助威、拍山鎮虎的舉動也沒有。西廂房裡間，蜷臥著張桂枝、張娘子、玉潔姑娘，藏在西廂房黑影裡床帳內，分明聽見外面撲跌鬥毆，全嚇得傻了一般，互相摟抱作一團，連喘氣都嚇住。

老武師黎道朗容得女兒精神稍稍恢復，親扶她坐起來，把她蓬鬆的頭髮，用手捋得整順了，又替女兒把凌亂的衣衫也整理一下，向女兒連連示意：吃個啞巴虧，不要聲張出去。黎小霞姑娘歇了好久，強站起來，把床邊小凳上放著的裙子尋著，原來已經掉到地下了，拂去了土，重新穿上，眼淚汪汪，看著父親說：「爹爹給我報仇，我倒做了張桂枝的替死鬼了。教惡賊整對著我的臉，噴了好些薰香。爹爹和哥哥務必設法，把惡賊活捉住，挖他的眼，砸折他的腿，把他碎屍萬段，才出女兒這口氣！」說著話，搖搖欲倒，體力仍不甚強。

這工夫，西廂房內間的張大娘子、張桂枝、玉潔姑娘已然驚魂稍定。東廂房的張秀才剛才聽得人聲暴喊，門窗亂響，嚇得他不敢出聲。此刻已好半晌沒有動靜了，他也就試探著出來詢問。再過一時，張宅的下人們也逐漸出頭了。

黎道朗老鏢師十分懊喪，等著女兒精神氣力漸次恢復，便要攜女返家。張大娘子和張桂枝姑娘已聽見賊人逞兇的情形，竟不肯放黎氏父女走，仍留他父女防賊。張秀才也一再向黎老鏢師作揖打躬，務請在宅多多待一會兒。直耗到天亮，黎宅的人差不多全起來，黎小霞姑娘方得隨同她父黎道朗，離開了張宅，回轉自己家中。可是她的胞兄黎紹光仗劍追賊，竟一去無蹤。

黎小霞回轉自己的臥房，很羞憤地和衣躺倒床上，對黎老鏢師說：「父親還不快找找哥哥去？我哥哥至今未回，是不是遇上了……是不是上了匪徒的當？」老鏢師黎道朗雙眼通紅，命兒媳伴著女兒，他立刻穿上長衣，暗帶兵刃，率領兩個徒弟，親自出去尋找。老武師當時只顧救護愛女，沒顧得援助長兒，此刻帶人尋找，又不知黎紹光追向何處，只得根據匪徒暗綴張桂枝姑娘轎車時的來路，先往西郊一帶訪去。

黎老武師直訪到午，沒有發現匪蹤，也沒有尋見兒子的下落。正自心慌懊悔，到各處亂找亂問，不想家中人已打髮長工倒找來了。老鏢師的長子黎紹光，竟被人在北郊外土堡發現，現在叫人用門板搭回來了。果然受了匪徒的暗算，身負重傷，倒在土堡下。因為地點很僻，直到近午，方被行路人發現，幸而黎家沖是小地方，老鄰舊居彼此認識，這才把他抬回來。

黎紹光受的也是薰香蒙藥之害，並不是硬傷，但當他中毒摔倒之時，也險些被少年匪徒張青禾所手誅。因為時屆黎明，已有曉行之人，黎紹光大呼捉匪，才把張青禾驚走。當下黎鏢師黎道朗率領弟子，回轉家門。看見一個女兒、一個兒子，全受了匪徒的智算，他心中十分痛憤，這少年賊張青禾所用的蒙藥十分歹毒，只用冷水噴救，人雖驚醒，卻是四肢無力，時欲嘔吐。老武師黎道朗忙用解毒丹，給這一子一女服下，暫且不問賊情，命二人安睡養神。這老人暗暗盤算，決計尋賊復仇，把門弟子悉數找來，將此事告訴最得意的三個弟子，三個弟子一齊自告奮勇，要助師門訪拿這個惡賊。

挨到申牌以後，黎小霞和黎紹光漸次精神恢復，黎道朗便把門弟子邀到後堂，命一子一女細述賊的年貌口音，自己也把自己所見說了，三個得意高足立刻分三面出去訪查，老鏢師也親擔一路。

訪到下晚，渺無音耗，張秀才家已經兩次派了人來，請黎氏父子，到那邊去談一談防盜的善後，黎老鏢師見張秀才父子沒有親到，心中很不痛快，竟向來人發話：「我父子替張家禦侮，人已然受了傷，張家父子竟沒有一個人來慰問，好像我們父子吃著他們、喝著他們，該當給他們護院似的，這太難了。」

末後竟說：「我們沒有工夫。」

來人很會說話，忙向老武師道歉：「黎老太爺你不要誤會，我們老太爺是嚇病了，我們秀才大爺進縣城報案去了，我是我們老太爺躺在病床上，面囑邀請來的。一來就是給你老道勞，二來就是奉請你老再辛苦一趟，他們怕的是匪今明夜再來，他們打算把兩位姑娘送到親戚家住一天。」

原來張老太爺並沒嚇病，倒是他續娶的那位繼室娘子倒在床上，哼哼唧唧，說是嚇病了。張老爺全副精神全放在繼室太太身上，對於真個嚇病了的女兒張桂枝姑娘，倒不甚理會。還是張秀才的娘子，向公公請示，要把張桂枝姑娘、玉潔小姐，全送回外婆家去，一則養病，二則避匪。張老太爺答應了，便吩咐下人套車，可是護送二女的還沒有妥人。張秀才已然進城報案，老太爺一味服侍繼室太太，張大娘子十分著急，這才假傳公公之命，到黎家去求助，意思是請黎家派人代為護送。

老武師黎道朗大發牢騷，被黎紹光聽見了。他此時精神已復，忙向父親疏通，做人要做徹，何不轉煩同門師兄弟，替張家辛苦一趟，連說了兩次，老武師方才答應，就叫門弟子謝東華，跟隨來人，到張宅去了。張宅這才套上兩輪車，張桂枝、玉潔小姐各坐一輛。謝東華和張家一位親友分跨車轅，仍跟隨一僕一婢，徑往外婆家去了。張老太爺仍煩求黎老武師護院防匪，黎道朗竟峻辭請絕：「你們不是報官去了嗎？官面防護，比我們強。」

黎道朗表面上峻拒，暗中卻照樣提防著。耗到天晚，剛過二更，便吩咐一子三徒，全換上夜行衣，持兵刃，帶暗器，悄悄在黎家沖設下卡子，女兒黎小霞就在家中戒備。這樣防守了一通夜，匪徒沒來。第三天白天仍出去勘訪，到晚又釘了一夜，匪徒仍未出現。大家連熬了三天三夜，精神頓感不支，黎老武師說：「像這樣不行！」遂將門徒和子女分成白班、夜班，繼續戒備下去。

如此，一連六七天，只偶然在晚間，發覺荒郊夜月，犬吠人影。等到追了過去，人影又不見了。這時候，張秀才進縣報警，官衙也派了捕快，明訪暗緝，也沒有訪出匪蹤。縣尉又率民兵，下道清鄉，如此又過幾天，這件盜案就要模糊下去了。

黎老武師和黎紹光、黎小霞，以及門弟子們，也商量了幾回，以為這少年匪大概是過路綠林，也許是看出我們防備森嚴，已經知難而退了。又戒備了幾天，渺無所獵，一無所見，人心便漸鬆懈下來。只有黎小霞姑娘，怏怏不樂，引為奇辱。

如此，過了不到二十天忽又出了事。

第四章　外家避賊突逢賣花娘

在黎家沖張秀才宅，和黎武師宅，經他們晝夜提防，少年匪張青禾數度化裝窺伺，未敢再來打攪。可是張桂枝姑娘和玉潔小姐，那天避地移居外婆家的時候，忘了潛避之計，是在白晝坐車走的，雖然沒被張青禾瞥見，可是不知他用何法，又被他訪出來了。

張桂枝的外婆住在昭陵，外婆家姓韓，乃是當地的富農。

韓老員外早歿，只有一子一女，兒子年已四十多歲，也算是鄉紳，女兒便是張秀才之嫡母，已然病歿。這韓鄉紳也有二子一女，女兒便是玉潔小姐，今年才十六七歲。韓老夫人年已七十歲，今尚健在，她是很疼愛這沒有親娘的外孫女張桂枝的。她的孫女兒玉潔，跟外孫女張桂枝一塊又回來了，這老婆婆便問：「這是怎的一回事？你們去了幾天，又翻回來，可是你的繼母又鬧脾氣了？」

張桂枝含著眼淚，訴說家裡鬧匪之事，孫女兒玉潔小姐說起那天夜間，匪徒跳窗進屋，和黎小霞動了手。這老婆婆一聽大駭，趕緊把兒子韓鄉紳找來，一五一十說了，教他派人到黎家沖，安慰姑老爺，又教他吩咐長工人等，小心自家的門戶。

又命張桂枝姑娘和玉潔小姐，同住在一個閨房內，撥派一個僕婦、兩個使女，給她們兩個女孩子做伴。

玉潔小姐和桂枝小姐就住在韓老夫人的佛堂房後，乃是三間精舍，獨占著一個小院。住了幾天，平安無事，韓鄉紳親到黎家沖，安慰姐夫，據說鬧匪之後，經小心戒備，已然沒事了，於是大家全放心。

哪想到少年匪青禾跑到別處，連做了兩案，現在又折回黎家沖、昭陵一帶了，他竟輾轉訪出桂枝姑娘現時避居韓鄉紳家中，他以為那個會武的女子也必在內，他竟扮成一個賣珠花的少婦，白晝到昭陵來摸底。

桂枝姑娘和韓玉潔小姐，在閨房沒事，無非刺繡解悶。秋高氣爽，韓玉潔一時倦繡，引著桂枝，去到佛樓閒眺。這佛樓供著觀音菩薩，原來是韓老夫人焚香誦經之處，也是鄉間大戶築來做瞭望臺之用的。兩個小姑娘帶一個使女，攀扶樓窗，往外面閒看，正好看見韓宅後院牆之外，牆外是一片曠場，附近有幾座矮房，竹籬茅舍，住著農家。忽然間，從那邊走來了一個挎竹筐、賣紙花的年輕賣花婆，湊到村婦面前，兜攬生意。

韓玉潔小姐在樓上望見，很覺奇怪。這花不知賣的是什麼花，剛來到時，只有一兩個村姑跟她搭訕，旋即哄然地圍上來，好幾個村婦都在籃裡搶買花朵，似乎籃中還有別的裝飾品物，這些村婦不但爭買，而且紛紛往自己家中跑，把大姐姐二妹妹叫來一大幫，都爭先恐後地買花，好像遇上了便宜貨。

玉潔小姐覺得稀奇，第一，是從來沒有看過這樣打扮的一個年輕賣花婆，遠遠望來，似乎很漂亮，第二，又從來沒見過賣花像白送一樣，招得人這般爭購，她就忍不住向桂枝叫道：「姐姐，你快來看！」桂枝姑娘開那邊樓窗，走到玉潔小姐身旁，兩人並肩下望，看了一刻，也覺得奇怪。她們再想也想不到，這賣花婆的花真像施捨一樣，賤得出奇，這些村姑貪小便宜，由爭買竟致爭吵起來。那個小使女也湊過來看，這小女孩眼尖，立刻看出便宜來，就勸兩位小姐下樓去買花。桂枝姑娘說：「這種串村鎮的賣花婆，她手裡怎會有好貨色？我們不要買吧。」玉潔小姐說：「姐姐你看，圍了許多人，一定有好貨色。」那個使女插言道：「姑娘你看，那個賣花婆很年輕，雪白的臉蛋，長得很俊，咱們看看她去。」

兩位姑娘禁不得慫恿，居然款款下樓，徐趨後院，來到了後門口，由使女開了門閂，高聲叫道：「賣花的過來，賣花的過來！」

那個少年賣花婆不等著叫，早已回頭看見了高門三女相擁同出，她就嗷應了一聲，收起貨色，分開村姑，很快地尋了過來。雙眸直勾勾地盯著桂枝，順眼又看到了玉潔小姐，說道：「小姐買花嗎？」款動蓮足，湊到桂枝面前，把花籃放下，一臉的笑容，請兩位小姐選取假珠花。

張桂枝看這賣花婆頗為可訝，這賣花婆只有二十來歲，姿容俊美，小口直鼻，長眉秀目，精神伉爽，穿戴尤其不俗。凡是賣花婆，多半衣飾襤褸，這個賣花婆卻年當少艾，裝束入時，腰肢纖細，雙眉甚闊，耳垂金環，頭罩絹帕，穿一件月白色短衫，下繫長裙，裙下微露纖足，瘦不盈掬，尖削如菱，直夠得三寸蓮鉤，這居然是個很漂亮的少婦，只身材細長，較尋常婦女高過半頭似的，兩隻眼不住的，顧盼灼灼，不住地盯著張桂枝姑娘和韓玉潔小姐，面上時露奇怪的笑容，手也不閒著，從籃中選取上好的珠花，硬送到桂枝手內，口中嘵嘵誇獎道：「這花兒太好了，姑娘生得這麼漂亮，戴這個花最好。」

桂枝也和尋常少女一樣，看見了美貌婦女，她必要凝眸打量，可是她剛剛把這少年賣花婆，由頭到腳，看了一眼，這賣花婆不錯眼珠地盯著她，竟看得她很不好意思，而且無端地心跳，臉紅起來。那賣花婆的一對眼十分尖銳刺人，滿臉笑容，強將一朵珠花往桂枝手中塞，竟趁勢抓她的手腕，微搔她的手心，臉上神氣也似半獻媚半輕佻，雙眸射出餓虎撲食樣的強光來，做足了耽耽而視的猛樣。桂枝竟不由得畏縮起來，無形中覺得一種莫名其妙的、恐怖的空氣所籠罩，她竟要往後退。退到了後門框邊，她的手也躲回來，不肯接取賣花婆遞過來的珠花。

這所謂珠花，也就是人工所製的燈草、琉璃珠、蠟紙所造的假花。賣花籃子內盛花全是這些紙製的石榴花、茉莉花、珠花，還有些胭脂、宮粉、花樣子、小毛巾、弓鞋面，以及針頭線腦之類，貨色不多而很精緻，索價極賤，賤到出奇，直同白舍。玉潔小姐年歲小，也心驚這賣花婦的年輕貌美，衣飾整齊，不似尋常的賣花婆。她究竟是個小女孩，只顧俯身選花問價，再沒想到其他。那張桂枝卻覺得這個少年賣花婆雙眸的可怕，尤其是賣花婆的身手直迫過來，做出咄咄逼人的氣勢，張桂枝十分羞怯。賣花婆的手假裝選花，摸不著她的手，竟又來摸她的胸乳，她不禁紅了臉隨轉嗔怒，低喝了一聲：「做什麼？我們不要，妹妹快進來吧。」

韓玉潔小姐不知哪裡的事，剛揀起兩三朵珠花，看了又看，向賣花婆問價，賣花婆轉眼一看玉潔：「這個小ㄚ頭也夠愛人的，就是個兒小點。」遂含笑答道：「姑娘要買這個珠花嗎？我賣給別家三百文錢一朵，賣給二位姑娘，我要特別讓價，你只給五十文錢吧。」這種假花竟是精品，按時價說，至少也須五百文一朵，這個賣花婆開口價便小，如今又落到五十文，真是太便宜了。韓玉潔很歡喜，手舉著對張桂枝姑娘說：「姐姐，你瞧，她才要五十文錢，咱們買幾朵吧。」

韓玉潔捉花賞鑑，戀戀不肯走，一迭聲地說：「姐姐，我們可以多買幾朵。」張桂枝暗含疑怒，不欲明言，只是搖頭說：

「我不要，我不要！」扭身就要進門，韓玉潔不知就裡，竟抓住她不放，一定教她挑選。張桂枝一面摘奪她的手，一面向玉潔說：「妹妹，我決計不要，你也不用要……這個賣花婆很討厭，你不要搭理她。」

兩個女孩子你拉我推，已然進了後門口。韓玉潔仍然問：「什麼？什麼？」張桂枝很著急，暗恨玉潔年幼無知，迫不得已，附耳說道：「這個賣花婆不是好人，妹妹快關上門吧，不要買她的東西了。」但是韓玉潔小姐手裡還拿著三朵珠花。這賣花婆一聲詭笑，竟提籃追進後門洞，笑嘻嘻說：「二位小姐選兩朵吧，這全是京貨，價錢便宜好多呢。」繞轉身子，居然擋住了張桂枝，不放她往回走。

張桂枝大怒，俏眼含嗔道：「你這個賣花婆，好可惡！你怎麼追進院子來！快給我出去！」對丫頭說：「把她轟出去！快把門關上！」

張桂枝這樣發怒，韓玉潔十分惶惑，她素知桂枝性情柔和，從來沒有疾言厲色，不知今日何故無端動氣，她也覺得這賣花婆豔姿輕俏，衣妝似乎十分飄浮，現在見這賣花婆公然進門入院，阻住道路，她便隨著張桂枝的口氣，申斥道：「你怎麼直往院子裡闖？你快出去！」

賣花婆滿面春風，撲到玉潔小姐面前道：「小姑娘，你不要發脾氣，你拿著我的花，直往你們家裡，你到底是要不要呢？」

玉潔道：「這個……」可不是自己手內還舉著三朵珠花，不由臉一紅，賭氣把花往賣花婆手中一送道：「給你，給你，你還怕我們拐走你的花，不給你錢嗎？你不要不放心，還你的花，我們不買了，你給我出去！」

賣花婆嘻嘻地一笑，把手一躲，不肯接花，向二女說道：「兩位姑娘挑了這麼半天，怎麼又不買了呢？你們闊小姐不要拿我們窮人逗笑，你多少得買一兩朵，不要開玩笑，耽誤我們的生意呀。」

張桂枝、韓玉潔一齊生氣，賣花婆竟似個賴不著了。張桂枝不願跟賣花婆還口，只想往院裡走，反正賣花婆不敢進入內宅屋裡走。韓玉潔卻怒道：「我們怎麼不想買，我嫌你的東西貴，我們買不起，你快出去吧！」

賣花婆笑道：「你是嫌貴呀，可是，姑娘，多少錢才算不貴？姑娘你還沒有還價哩！」

韓玉潔道：「給你十文錢一朵，愛賣不賣！」說罷，將珠花往籃中一丟，轉身要走。賣花婆咯咯的一陣嬌笑，把丟下的花全搶起來，說道：「十文錢一朵，可真少點，姑娘別走，賣給你了，全賣給你了！」雙手分舉著這三朵珠花，又橫身一遮，把二女全攔住，卻將珠花分遞向二女。

二女笑不得，惱不得，價值五百文的珠花，賣花婆她竟十文錢就賣了。這固然是便宜貨了，可是賣花婆滿口說得也是便宜話，她說：「這花賣給別人貴，賣給二位姑娘，我怎肯捨得多討價錢？二位姑娘不認識我了嗎？我卻認得二位姑娘，我還知道姑娘你姓張，姑娘你姓韓，對不對？」

韓玉潔不禁睜大了雙眸，很詫異地說：「你這賣花婆，我們多咱認得你呀？你怎知道我姓韓，我姐姐姓張？」

賣花婆笑道：「你二位是貴人多忘事，這些日子，你二位不是去黎家沖張秀才家住著嗎？你們家裡，前些日子在晚上還鬧過事，對不對？」

二女越發駭然，韓玉潔以為離奇，便想盤問，張桂枝悄悄說道：「妹妹快給她錢，把她趕緊打發走吧。」韓玉潔小姐趕緊命使女回去取錢。小使女答應著去了，賣花婆竟停在後院門以內，流連不走，看出張桂枝風格嚴峻，她就巧笑著，向年幼的韓玉潔搭訕，三朵珠花買定，只索三十文錢，她又拿起別樣的花朵、脂粉，向韓玉潔兜售，索價特別低廉，她沒話找話，向韓玉潔逗弄。別的村姑村婦那些貪小便宜的，也湊了過來，韓家後院門以內，竟擠進來好幾個鄉婦村姑，七言八語，向韓玉潔說道：「韓小姐，也出來買花嗎？這花真便宜呀，這位小姐是誰呀？是黎家沖的張小姐嗎？幾年沒見面，張小姐長得這麼漂亮了。」

張桂枝含嗔低頭不語，容得小使女取來銅錢，付了花價，也就扯著韓玉潔小姐，往內宅走。韓玉潔貪戀便宜貨，還不想走。張桂枝再也忍耐不住，獨自抽身走回內院去了，獨自坐在韓玉潔的閨房內，潛生悶氣，又細細思索這個賣花婆，不知從哪一點，竟覺出她十分可怕。這賣花婆分明是個妖冶的婦人，氣度輕狂，絕不像個負苦的窮婦，而且張桂枝，又覺得這賣花婆的面目，尤其是她那一對眸子，好像在哪裡見過，她那一對眸子恍如飢鷹餓眼一般，看人一下，似乎咬人一口似的，張桂枝再也想不到這少年賣花婆並非尋常女子！

張桂枝姑娘獨自生了半晌悶氣，韓玉潔小姐仍未回來，連那個小婢也沒來。張桂枝暗想，她們買花的，怎麼教賣花婆買住了不成？莫非這賣花婆竟是個拍花婆嗎？尋思著，忍不住又慢慢出離閨房，走到後院角門旁，探頭窺看，果然看見韓玉潔小姐和使女相伴立在一旁，那個賣花婆竟在門洞內條凳上坐下來了，旁邊圍著村姑，跟她又說又笑。這少年賣花婆把一隻纖纖蓮鉤伸在凳上，用自己的手揑著，皺眉說：「走得路遠了，有些腳疼。」這些鄉婦村姑都看著她這一對纖足，似乎十分驚羨，她的腳怎的這麼瘦小周正呢？賣花婆也似乎故意在人前賣弄腳小，把這隻腳放下，又翹起那一隻腳，自己依然用手揑揉，村姑們都看著她，跟她說話，韓玉潔小姐和那使女每人手裡拿著珠花、紙花，也都在賞鑑這賣花婆的繡鞋蓮鉤，主僕都不想遣逐這個賣花婆。張桂枝年長心眼多，心中有氣，可是自己在外婆家乃是個客，也不好意思做主強驅這三姑六婆，便恨了一聲，扭頭又走回去了。賣花婆竟在韓宅逗留了好久，將到晚飯時，方才收拾了花籃走去。

韓玉潔小姐拿著好幾樣便宜貨，進了閨房，很歡喜地向張桂枝誇說便宜，像這件珠花，上年哥哥給買了兩朵，花了一串錢，現在才十文錢，這盒宮粉，上月花了六百文才買到，現只花了十二文……她這裡直誇便宜，抬眼看出張桂枝面露不悅，她越發驚訝道：「姐姐，你怎的了？」

張桂枝道：「我不怎的，我有點頭疼。妹妹，那個賣花婆怎的總不走？她堵著後門幹什麼？她都說了些什麼？」

韓玉潔道：「她沒說什麼呀。」

張桂枝道：「沒說什麼？你怎的這工夫才進來？」

韓玉潔道：「啊，你說她怎的在咱們門洞耗了這大工夫呀。

她是說起了她自己個人的事，她原來身世很可憐，她說她是個被人趕出來的年輕小寡婦，她說她丈夫生前不正干，好嫖好賭，包了一個妓女，後來生什麼花柳病死了……姐姐，什麼叫花柳病呀？」

張桂枝皺眉道：「不曉得，不知道。」

韓玉潔接著說：「她說，她男人一死，她家中有個大伯子，頂不是東西，總調戲她。她們大嫂子又很厲害，是個吃醋精，她的大伯子和大嫂子總為了她，天天吵架。她還有個本家遠門小叔子，也沒事找事，常來調戲她。她這小叔子竟為了她，跟她大伯子動起刀來，小叔子砍傷了大伯子，大伯子昏死了過去，小叔子只當是砍死了人，棄下凶刀，連夜逃跑了。可是大伯子並沒死，只是流的血太多了，躺在床上起不來，病了好幾個月。她那大嫂子就罵她是迷人精、害人精，硬拿擀面棍，把她打出來了。她萬般無法，這才賣花餬口，可是她沒有住處，沒有家，住店又常受人欺負，她說她今晚上就沒地方尋宿，她說著哭起來了。」

韓玉潔說到這裡，頗有惻然之意，張桂枝姑娘到底心眼多，不禁冷笑了一聲，叫道：「她這樣的寡婦，也倒少有，她男人死了多少年了？」

韓玉潔道：「她說死了半年多了。」

張桂枝失聲冷笑道：「丈夫死了半年多，她那打扮就這麼花裡胡哨，她一定很正經，很貞潔的了！」

韓玉潔道：「可不是，她說她是為了保全貞潔，才被大伯、大嫂子趕逐出來的，剛才她一說出來，就直拿手巾擦眼淚。」

她竟聽不進張桂枝的話意含反誚。

張桂枝徐徐說道：「她是很可憐，她穿得很闊，打扮得很漂亮，她倒是個美人兒，現在她離開咱這村莊沒有？」

韓玉潔道：「你沒聽說，她沒地可投嗎？現在是後巷賈三娘很可憐她，她把她引到她們家去了。」

張桂枝姑娘哼了一聲，半晌沒言語，當下，也就把這件事隔過去了。轉瞬到了午飯後，韓玉潔看出張桂枝寄寓無聊，便要邀集女伴，跟她玩耍。張桂枝再三拒絕，只說自己乃是飯後食困，所以打不起精神來。韓玉潔搔頭說道：「我看你總像有心事似的，你到底覺得怎樣？莫非還惦記著那天晚上鬧賊的事嗎？」

張桂枝捧心道：「可不是，我一想起來，就心跳，真把我嚇壞了。」

韓玉潔道：「誰說不是，我也嚇破膽子了，但是姐姐你躲在我們這裡，不是很消停的嗎，你何必總皺著眉頭？」停了一會兒，又道：「姐姐，我們還是上佛樓玩玩去吧，也省得坐在屋裡發悶。」遂強扯著張桂枝，出了閨房，再登佛樓，遠眺散悶。

這樣的佛樓，乃是鄉間大戶常見的建築，樓上供祀神佛祖先，又可以做瞭望臺使用；女眷們也常偕來，作為登臨遊目之娛，韓玉潔小姐把張桂枝姑娘重引到佛樓上，遠望村景。林崗起伏，雲霞影彩，倒也開心騁懷；旋又繞到樓這一角，抬眼遙望，仍然是一抹雲天，低頭俯窺，便望見腳下村舍，竹籬茅舍，鱗次櫛比。張桂枝悵望良久，忽然微喟了一聲，她的環境和韓玉潔不同，玉潔乃是韓家門唯一的愛女，上有祖母，中有雙親，一家子都鍾愛她的；張桂枝姑娘年已及笄，不幸失恃，父親續娶，這位繼母雖不刁悍，卻甚冷漠無情，張桂枝在自己家，宛如做客一般，沒有一個噓寒問暖之人，又屆婚期，出閣無日，這更使少女芳心時增寥落之悲了。

韓玉潔只比桂枝小著兩三歲，卻是兩個女孩子的境地，影響到心情，張桂枝已然是大姑娘了，韓玉潔的性情竟比她的歲數更小，張桂枝這裡凝眸遠望，默心思，韓玉潔宛似小鳥一般，繞樓窗看了這邊，又轉到那邊。突然一眼看到宅北村舍的牆院中，不禁發出詫異之聲，道：「桂姐姐，你瞧！」

張桂枝轉身道：「瞧什麼？」

韓玉潔道：「你瞧這個小院裡，聚著這些人，喲，她是誰，就是那個賣花婆吧？」說著，手指樓窗以外。

張桂枝姑娘順著她的手，往北窗下一瞥，呀，果然在一座茅舍曠院的當中一處，有著六七個婦女，聚在一座小院，院心當中，圍著一個人，這個人，果然就是那個賣花婆。

現在，這個年輕賣花婆，已被後巷賈三娘收留在自己家裡，她幸得宿處，大概仍不忘招攬買賣，又勾引了這麼許多村姑，再不然，便是她自己守孀，以美色招來意外侮辱的淒豔故事了。她在賈三娘家的竹籬院落中，守著她的花籃，坐在一隻長條凳上，仍是那樣翹著纖足，指手畫腳，似乎正在講話，有幾個村姑圍在那裡，有的翻動她的花籃，有的望著她的嘴，似乎聽她說話。張桂枝姑娘一眼望下去，心中暗想，這個青年花婆到底是怎的一回事呢？她為了什麼，在這裡流連不走？她恃花賣的這樣賤，她恃什麼生活呢？

張桂枝凝眸俯視，這樣涉想，恰值那個賣花婆也正抬頭樓窗仰望。當下，一個在樓上，一個在樓下，又恰恰眼光相碰了，雖然遠隔，張桂枝覺得賣花婆的眼光像剪刀似的犀利，直勾勾地盯上來，使得張桂枝侷促不寧，急忙一縮身，退回來了。韓玉潔還在身邊，絮絮叨叨地問話，張桂枝竟不要看了，鬧著要下樓回房，韓玉潔只好跟她回來。

這一日，桂枝精神擾動，十分不安，對玉潔說，要請舅舅給她套車，她要回黎家沖看看，外婆韓老奶奶曉得了，心疼外孫女，再三挽留，教她多住幾天，說是：「孩兒呀，你家裡又鬧賊，又有個後娘，誰是知疼著熱的人呀，你在外婆家多住些日子吧！」桂枝到底被勸住了，哪想到第二日夜間，在這昭陵鎮韓府上，又發生了變故！

這天晚飯後，桂枝姑娘依然神思恍惚，怏怏不樂，韓玉潔問她：「到底怎的了？」她說：「大概是昨天日間在佛樓上閒眺，受了野風，身上有點不得勁，要早睡一會兒。」韓玉潔便要告訴她父，打算找點成藥給桂枝吃，張桂枝一再阻攔，連說：「我睡一覺就好了。」天剛起更，張桂枝姑娘就和衣上床了。

張桂枝姑娘在外婆家，本與韓玉潔聯榻，現在她不很舒服，韓玉潔就要跟她並枕，她笑說：「不用，不用！」於是韓玉潔親自給這個表姐加蓋了一床被，又給放下幔帳來，讓她很安靜地睡下。韓玉潔獨自對燈挑繡，又到上房去了一趟，和祖母說了一會兒話，隨後韓老奶奶扶著一個僕婦，親到閨房省視，隔帳問了一聲，張桂枝欠身說道：「外婆還沒睡嗎？」這老太婆撩起帳子，摸了摸張桂枝的頭，她的額角並不十分熱，韓老奶奶便說：「不礙的，睡一覺就好了。」命使女給拿來幾隻鮮果，慰問了幾句話，扶著僕婦回去了。

挨到二更，韓玉潔小姐倦繡停針，打個呵欠，也就收拾睡了，不大工夫，微透輕鼾，香夢沉沉的了。張桂枝姑娘竟翻來覆去不能成寐，尤其是上床太早，倒害得心神浮躁起來。帳子本已垂下，她覺得悶氣，悄悄坐起，把帳子重新掛起來，閨房中桌子上點著一隻銅燈，已將燈草撥得很小，吐出淡黃的光暈，聽外面風聲，陣陣作響，窗格鳴動，遙聞外面村犬吠聲，一聲遠，一聲近，這時候大概快三更了，不知何故，張桂枝陡覺心悸，想要招呼韓玉潔，見韓玉潔繡帳低垂，睡得很香，她想了想，到底忍住了，本已擁被而坐，覺到驚恐，便又躺下來，把頭一蒙。

不知過隔多久，急起一身躁汗，便又鑽出頭來，兩目炯炯的，一點睏倦的意思也沒有了，翻來覆去地折騰，強張眼閉上，自己安慰自己：「何必害怕？有甚可怕的？睡吧，睡吧！趕明天回家吧！我本來沒有擇席的毛病，今天是怎的一股勁兒，會睡不著了呢？害怕，怕的是什麼呢？」

胸中鬼念著，緊閉雙眸，強行尋夢，忽然間，心中又一驚，睜眼一看，銅燈滅了，有一股奇異的香氣撲人鼻觀，乍聞很香，心說：「這是什麼味？在哪裡聞過呀？」可是連連猛嗅幾下，忽覺香氣襲人甚深，耳畔轟的一響，頭腦烘烘地亂鳴。緊跟著覺得帳頂亂轉，雙眼先冒綠星，旋見黃霧，耳門又轟的一震，便人事不知了。

隔過不知多久的時候，張桂枝突覺身體割裂似的奇疼，跟著又墜入夢境，恍惚覺得對面那個少年書生，向自己表示親熱，似乎少年書生的嫩白面孔，正偎著自己的唇腮。張桂枝在萬分羞慚下，閉著雙眼，覺著少年書生在自己臉上亂嗅。可是桂枝姑娘竟睜不開眼，雖然睜不開眼，卻分明看見這個少年書生正對自己施行狂暴的親愛，自己又羞又氣，反感覺一種從未經驗過的舒服，……於是，好久，好久……

她以為是個怪夢，可是她的身體似被一條溫暖的蛇緊緊纏住，上至唇腮，中至腹胸，下至雙股，一點也動彈不得，她痛苦地又呻吟了一聲，拚命一動，只有一隻手抬起來了，立刻聽到一個奇異的語音道：「小妮子，別動！」她又拚命地又一睜眼，哦，這一回分明睜開了，而且清清楚楚，看見一個雪白的面孔，正壓在自己的眉眼之前，相距不到半尺，這雪白面孔的口中噓氣，吹到自己臉上，噓噓作聲，同時也分明覺出……哎呀，一個活人，壓在自己身上！

她大駭驚醒，恐怖，羞恥，可是她不能掙扎，她是處女，從來不肯脫去的小衣現在沒有了，身體竟在睡夢中裸露。她驚恐得渾身一跳，失聲地悲呼了一聲：「哎呀，有賊！」

她只喊了一聲，她的身手又被按住，她的咽喉又被一隻手扼住，稍稍一緊，張桂枝感覺到死的逼迫。

她痛淚交流的，噤不敢聲，僅僅不自覺地發出了呻吟！她看見了閨房的銅燈又發出黃光，她看清了這個白面孔修眉豐頰，頭蓄長髮，很像那個年輕賣花婆，可是這賣花婆現在分明是個男人，而且，雙眼露出餓狼似的凶暴，毀害了張桂枝姑娘的童貞！她恐怖，她輾轉擺脫，終不能逃出。一任這個青年賣花婆恣情狂暴，感到比死還可怕的恐怖！

這白面孔狂徒兩肘壓住自己的臂，兩手捧著桂枝的兩腮，連連狂吻，而且說：「小妮子，你還躲不躲！」

張桂枝滿眼淚痕地說：「你是誰呀？你你……你沒冤沒仇，你害死我了！」在無力抵拒之下，泣不成聲，可是她的哀咽，似乎得不到狂徒憐惜，反倒越發勾起第二度的瘋狂，張桂枝禁不住喊了一聲：「救命！」又喊了一聲：「饒命！」

「救命」二字才出口，狂徒怒道：「你喊，你敢喊！」忽有一物按在張桂枝的口鼻之間，一陣怪香氣，張桂枝又不知人事了。

良久，良久，狂徒丟下張桂枝，再看對面繡榻上的韓玉潔小姐。

咦，剛才還看見她在榻上，現在沒有了，狂徒桀桀地一笑，束衣跳下床來，尋找韓玉潔。呀，竟在繡帳後床底下，發現只穿小衣、戰戰兢兢、面無人色、年才十六歲的韓玉潔。

狂徒一聲狂笑，捉住了韓玉潔，韓玉潔小姐比張桂枝更年輕、更膽小。她半夜驚醒，似乎聽見表姐窒息似的呼喊。她睜眼一看，燈影裡，對榻繡帳中，表姐張桂枝不住呻吟，她欠起身看，看出壓在表姐身上，似有一個婦人頭，正自喘吁吁地蠕動，表姐就隨著喘聲發出呻吟，大吃一驚，以為這不是女鬼，就是女妖精。她蒙頭往帳裡藏躲，竟從帳縫墜落到地上，她連人帶被蜷伏在床底，連大氣也不敢喘。可是那個婦人頭，那個女妖精忽然離開了表姐，又來搜捉她。她只哼了一聲，當那女妖鬼從床底被中，把她扯出來的時候，她一陣害怕，竟隨手俯仰，整個嚇昏過去。

那個狂徒，也就是韓玉潔心目中的女妖鬼，張桂枝眼中少年賣花婆的白面孔，活捉著半裸體的韓玉潔，把玉潔放到繡榻，解開了小衣，扯斷了腰帶。僅只十六歲的韓玉潔竟如被剝脫的羔羊，橫陳在刀俎之上。

狂徒發出了毒虐的歡笑，同時韓玉潔發出了慘痛的哀呻，經過了好久的工夫，年幼體弱的韓玉潔小姐，更搪不住狂暴，赤裸裸地暈死過去了。

天破曉的時候，昭陵韓府上的主角韓鄉紳夫婦，忽聽見慘號救命的聲音，夫婦倆全都驚醒，可是又害怕，又懷疑，只側著耳朵聽，「這喊聲從哪裡來的呢？」側耳細聽時，喊聲又沒有了。夫婦倆從將頭放在枕上，以為耳訛了，卻是兩人才將提起的心神一放，要繼續尋前夢，喊救的聲音又出來了，韓府本是深宅大院，這喊救的聲音似乎很近，似乎就在院內。

如此數回，韓大爺見窗紙已透曙色，便扱衣下床，開了屋門尋找這喊救聲音。

這聲音很怪、很低啞、很恐怖似的，尋來尋去，韓大爺終於聽出來，這喊救命的聲音就在他女兒玉潔的閨房之內！

韓大爺嚇了一跳，踉蹌奔向閨房前，叫了一聲，房內無人回答，用手一推，門扇緊閉。韓大爺忽感驚慌，狠命一推門，又大聲一叫，屋中居然有了應聲：「救命啊！救命啊！」似乎是使女，韓大爺忙叫著使女的名字，催她開門。使女只喊救命，不來開門，大爺狠命一撞，這格扇門竟被撞開，韓大爺撲進去，險些跌倒。

閨房門一開，有一股奇怪的氣味撲臉。韓大爺急看時，不由失聲驚喊。後窗已開，窗前還放著一隻小凳，使女小紅被捆在外間床足之下，這分明是「糟了」！

韓大爺二目一瞪，急叩內室，內室門應手而開，韓大爺叫了一聲：「潔兒、桂姑！」屋中沒人回答。

韓大爺顧不得鄉紳的架子了，一步闖進了女兒的臥室！

「哎呀！……不好了，你們快來！」

韓大爺分明看見女兒韓玉潔像小白羊似的，裸體橫陳在繡榻上，手足張開，仰面瞑目，臉無人色，而且身上一絲不掛，簡直使人無法逼視！

更望對榻，哎呀！寄寓的甥女張桂枝姑娘穿一身小衣，已然懸掛在帳柱上，上吊了。

韓大爺驟經慘變，失聲大號：「不好了，你們快來！」

時當凌晨，韓大娘剛起，僕婦和長工們剛在開街門掃除庭院，聞吼大驚，一齊奔尋過來，頭一個奔入閨房的是長工黃三，第二個人是一個老女僕，第三個才是韓大娘子！

但等到長工黃三撲進閨房時，韓大爺忽然省悟，大張著兩隻手，阻住了長工，不教了他進來，大瞪眼說：「滾出去，誰教你進來的！」卻一任桂枝姑娘吊在帳柱上，一任使女捆縛在床足下，一任女兒裸臥著，他要維持他的紳士顏面！

僕婦被放進來，一望見懸梁的桂枝、裸體的韓玉潔二位小姐，這僕婦失聲大號起來，翻身往外跑。恰好韓大娘子姍姍走來，兩人撞個滿懷，幾要跌倒，終於，經過了失神驚擾，韓大爺方才著手搶救二女。

韓大娘子用一床夾被，慌慌失失給裸露的玉潔蓋上，已看明愛女童貞已失，人已垂斃。「兒呀，肉呀！」摟抱著哀叫起來，韓大爺在極度恐怖中，到底喊進一個年老長工和一個年輕僕婦，合力把張桂枝姑娘解救下來，外間值宿的使女，此時也被人解去了綁繩。

全宅男婦俱已驚動，連年逾六旬的韓老夫人也被哭聲驚醒，這老嫗不住聲地問：「怎的了？怎的了？」韓府上的人極力隱瞞著，可惜隱瞞不住了。

韓大娘子偎著女兒玉潔小姐哀叫，漸漸叫得玉潔小姐甦醒過來。母女兩人一味對哭，韓玉潔昏昏沉沉，亡魂喪膽，經母親的窮詰，勉強說出了昨夜晚的噩夢。

咳呀，可怕的噩夢呀！那女妖精，那賣花婆，那女妝的採花賊呀，毀害了兩個女孩子的貞操，毀害了兩個女孩子的生命！韓大娘子對這意外的災害，怨天怨地，終於怨到甥女張桂枝身上，都是她招引來的邪魔外道，她上吊了，連累得自己女兒也遭強暴，自己女兒大門不出二門不邁，怎會勾引來採花淫賊……韓大娘子摟著這嬌滴滴的十六歲女兒，望著她粉嫩的臉，而現在蠟渣似的黃，真是心痛不過，怨恨已極。

韓大娘子不知怨恨惡賊，反而怨恨住親戚，避難來的張桂枝，是張桂枝姑娘給帶來了大不幸，這簡直是嫁禍！韓大娘子哭，訴，怨，痛……摟著女兒，望著張桂枝姑娘，張桂枝姑娘羞憤自殺，雖被解救下來，可是入縊時間稍長，至今還沒有甦醒，雖然肢體還沒有僵挺，可是口鼻間不聞吹氣，胸口也摸不出跳動來，她也許就這樣死下去了，韓大爺悲憤驚惋，一面督促家人急施藥救，一面派人給親家張員外父子送信報凶耗。

直亂到過午，張員外本人要來，被繼室夫人強留住，只來了長子張秀才夫婦，車到韓府，秀才夫婦雙雙趨入廂房，驗看胞妹的肢體，此刻早已僵冷了！韓府上起了一片號啕。

張秀才要給妹妹雪冤報仇，要稟官緝凶，但報官便須驗屍，而任聽仵作檢驗閨女的屍體，在縉紳舊家，一向引為奇辱。韓大爺的意思，顧全生者的體面要緊，應該以「急病暴亡」為辭，趕緊買棺成殮為是。韓大爺的意見跟張秀才截然不同，甥舅二人爭執起來，張秀才更詰問韓舅爺：「是怎的疏於防範，坐令舍妹入縊？」韓舅爺反唇相譏：「我家門無閒丁，從何處招來淫賊？分明這淫賊是由你家裡引來的。」

這兩位紳士丟下善後不辦，竟這樣咬文嚼字，窮吵個沒完沒散。韓大爺拿出舅父的面孔來，申斥外甥：「你小孩子，不懂什麼，快教你爹爹來，我要跟他講。」

外甥冷笑道：「我父親要肯來，早就來了。」

韓大爺說：「他的女兒死在我家，他想脫心淨，不來怎能成？我找他去！他只顧續弦老婆，連慘死了的女兒也不管了嗎？」

韓大爺吩咐套車，氣哼哼地要找員外！不幸到了黎家沖之後，這郎舅二人，韓與張兩位紳士也照樣吵鬧起來，互相抱怨，互相責難，韓大爺教張員外到昭陵驗看張桂枝，趕緊備棺成殮，張員外受繼室的譏諷，不肯棺殮，怒說：「我們好好一個姑娘，吊死在你家，怎麼還教我自備棺殮？」韓大爺怒說：「你們家鬧淫賊，教你女兒引到我家，你女兒吊死了，我女兒也也……活不成了！我的女兒才十六歲，教她怎麼嫁人？都是受了你們家的害！」

兩位紳士本說「家門不幸，家醜不外揚」，可是怨天尤人的結果，越鬧越凶，終於「涉訟公堂」！一經涉訟，昭陵韓家鬧採花賊的可悲消息，頓時喧騰眾口了。

縣官出頭了事，雖然依著張家報案的情形，親來驗屍，可是並沒有裸驗，更沒教仵作驗視女貞，僅由縣官看了看，連說：「可惜可惜，可嘆可嘆！」隨後便勸韓大爺買棺木，張員外購殮衣，先把慘死的張桂枝成殮，然後密訊了韓大爺採花賊一切情形，韓大爺含怒說：「職員一切不知，要請父臺大人訊問張紳父子。」可是所有案情底細，他已託人密稟了，縣官轉問張員外父子，員外父子無可奈何，把採花賊鬧宅，和張桂枝、韓玉潔同時被擾，同時遷入韓家暫避的情形，如實供出。

縣官沉吟良久，屏人向張、韓二家開導了許多話，勸兩家息訟。他當然要撥役緝賊，替死者雪冤的。但卻說「採花賊」三字是為兩家門戶之玷，暗暗諷示兩家，把張桂枝自縊一事作為私了，不登訟牘，不經官府，如此可以保全紳士的體面。

「因遭強姦羞憤致死」一語，「恐非你兩家府上所堪。」張秀才揮淚：「如此辦理，舍妹豈不白死了！」

縣官說：「不然，不然，這採花賊，我一定要拿辦的，我可以把他辦成明火盜案，他仍然有死罪，照樣可以給府上雪冤。」

這縣官花言巧語，利用兩家的紳士架子，居然把採花賊的案子消解了，把一條因奸斃命的命案也消滅！僅僅「大事化小」，變成了尋常盜案。這一樁尋常盜案，便交到捕快手內，教他們加緊訪拿，雖然嚴加追查，可是……假如不再生新案，漸漸會變成了具文。

無如那採花賊雄娘子張青禾，乃是一個少年狂賊，初喬女妝，以為新奇，及至為之稍久，反而沾沾自喜，越發搔首弄姿起來。起初採花作案，膽量還小，及至積日稍久，見到受害的人家，大抵顧全顏面，寧吃啞巴虧，不肯聲張。若一味劫掠，還有人報案；若採花淫掠，受汙辱的良家婦女大多諱莫如深，失節之後，連失盜也不敢說破。他可就得到便宜了。於是他每逢作案，必定先汙辱婦女，次偷盜財物，如此可以避掉驚動官府，可以免掉犯案，他就越發大膽胡為起來。

而且他作案的地方，不擇通都大邑，專找僻邑荒村土財主，好比吃柿子，專找軟的捏。他作案越多，膽量越大，起初他還不敢久在一地流連，每做一案，必立即遷避。弄到後來，看見受害的女子忍辱不敢聲張，他偶然去一趟，再去第二趟，他公然持刀逼姦，把良家閨秀當作情婦似的，一連氣光顧多少次。

現在他喬裝賣花婆，逼死了張桂枝，他仍然徘徊未去，在半個月以後，他重入韓府，要找桂枝，他不曉得張桂枝已然自殺。他夜入韓宅，裡外搜尋，既未尋見張桂枝，也沒有尋見韓玉潔，反而驚動了韓府上守夜護宅的人，亂哄哄鬧了一通夜。

他不肯死心，暗想這兩個女孩子許是又到黎家衢去了。隔過數日，他公然喬裝女子，再到黎家衢刺探。

第五章　雄娘子再呈色相

張青禾這一回不再扮作賣花婆，卻裝了一身素服，扮成一個年輕小寡婦模樣，於白晝來到黎家沖，單找那人家稠密處，假裝步行力乏，坐在街頭巷尾發呆。遇上了男子，她佯羞不語，遇上了村婦少女，她就似裝悲戚，向她們打聽近處的衙門。人家問他，要打聽衙門告誰？他故意含羞不語，半晌才說，要控她婆家的人，她說：她丈夫死了，婆家的人欺負她年輕，要把她怎樣怎樣。她現在是無家可歸，若不能打官司告狀，那就只有一法，跳河自殺。

鄉村婦女們好奇喜事，有一個老嫗開口一問，立刻又聚攏許多人，圍住她，向她盤問許多話：「你娘家沒人嗎？你要告你婆器具麼人？你家住在哪裡？你今年多大歲數？」

張青禾佯羞帶愧地自陳冤抑，工夫不大，招引來許多人。

不想她這一來，竟驚動了黎家沖一個行家，這個行家不是別人，就是老鏢師黎道朗的一個門徒。

這門徒名叫郝允正，本來暗受師傅之命，潛行踏訪賊蹤，見張青禾喬裝少婦，姿容甚美，可是口音特別，他就立在張青禾身後，暗中端詳他的言談舉止。張青禾比不得妖賊桑林武，桑賊女妝已久，言語姿態，尤其這走路的樣式，完全女化。並且桑賊的喉音，又天生十分嬌細，便留神聽，也聽不出男腔來。仔細看，也看不破他的裙下雙翹是假，張青禾便不然了，雖然極力裝點，走站似乎不穩，說話用假嗓，稍不留意，便流露出男子腔調來。他的造作只能欺騙村姑鄉婦，卻當不得江湖人物的留意。

郝允正留在張青禾身後，側目而視，方覺此婦來路不正，這斷不定他是男扮女裝。張青禾卻自起毛骨，覺出身後有人盯梢。不知不覺，動了戒備之念，轉身把郝允正一看，郝允正正自偷偷驗著他的耳環。兩人不期對了眼神，張青禾覺得郝允正目灼灼凝視不已，郝允正也覺得張青禾目灼灼凝視不已。

舊日女子，尤其是年輕的，一向不教人凝視的，更不敢與男子不錯眼珠地對瞪，張青禾忘了這一點，竟獰目相看，失聲說道：「你看什麼？」忽然覺出忘情，這才低下頭來，做出羞怯模樣，那幾個村婦不曾理會，郝允正卻心中一動，抽身就走。

張青禾十分膽大，遇到這種情形，應該躲一躲才是，他竟傲然不動，心想：「你這小子就算是六扇門，又敢把我怎樣？」

他還是在黎家沖流連不走，跟那些婦女搭訕，起初訴苦，嗣後打聽本地善人大戶，末後竟打聽起張秀才家的事情，旋又起身，慢慢踱到張宅門前，他自以為改裝女子，外人決看不出來。哪知郝允正一徑奔到寶泉居飯館，見了少東黎紹光，報說現有一個外路婦人，來路不正，少東黎紹光和郝允正乃是師兄弟，便請郝允正回家，給老當家黎道朗鏢頭送信。

老鏢頭黎道朗已曉得張桂枝暴亡的事，別家不過疑心張桂枝死在外婆家，必有不可告人的緣故，都猜想到繼母身上去了。再沒料到張桂枝是在外婆家，遇上追蹤不捨的採花賊，因而羞憤自殺。黎家沖的人們都說，張姑娘死得太怪，一定是繼母作祟。獨有黎氏父子，一聞凶信，便已料到十之八九。也曾設法探問，張秀才家雖然諱言其故，可是那天鬧賊的事，曾經黎氏父女幫忙，當下被黎道朗一再擠問，張秀才也就吐出一點口風。他只說：「舍妹暴亡，跟那回鬧賊多少有點關聯，這總是家門不幸！」老武師黎道朗再要深問，張秀才就不肯細說，只是哽咽悲泣罷了。老武師便不再問，仍督促門徒和兒子暗中訪緝惡賊。正自訪不出下落，不料張青禾又二番來了，郝允正向黎老鏢師一說，黎老鏢師立刻披衣出來，親自查勘。

黎道朗鏢師和門徒郝允正剛剛尋到，少東黎紹光也從飯館出來了。三個人分兩路尋找偽裝寡婦的張青禾，張青禾還沒走，正向村婦探問：「此地聽說有一個老鏢師，不知姓什麼，叫什麼，住在哪裡？」村婦沒有戒心原原本本告訴了他，又問他：「打聽鏢行黎家做甚？」他說：他的冤枉恐怕告狀不行，打算找武林俠客，俠義幫忙。

正說處，黎老武師到了，女妝少年賊張青禾漫不介意，仍跟村婦們瞎說，郝允正沖老武師黎道朗暗遞眼色。其實不待招呼，黎武師早就盯上來了。黎郝師徒二人遠遠立在一座小攤販的攤前，假裝挑選攤貨，暗中潛察張青禾的形色。只耗過一杯茶時，有個村婦瞥見了黎武師，就向張青禾說：「大娘子，你不是要找黎武師嗎？這位老人家就是。」說時用手一指。

張青禾轉身一看，黎武師恰也側臉，兩個人對了盤。黎道朗老鏢師久闖江湖，眼力很歹毒，一雙眸子如剪刀般，衝著張青禾，頭上腳下，看了一個夠，然後雙眸凝定，盯住了張青禾的面目。張青禾陡覺這老人雙眼透露惡毒之意，不禁怙惙起來，可是他仍不示弱，一雙眸子也瞪著黎武師。一個老人，一個女妝賊，眼光對鬥了好久工夫。黎武師不言語，也不湊近，漸漸臉上帶出冷酷，眼角抹到張青禾的耳輪雙環和裙下雙鉤，於是從鼻孔中哼出一聲冷笑。

張青禾竟十分膽大，把身子一扭，背對黎武師，依然肆無忌憚的，跟村姑鄉婦們閒扯。村婦再問他：「你剛才打聽武師，這黎武師來了，你怎不過去找他？」張青禾搖頭道：「現在我還不想找呢。」又看了看周圍，說道：「我還先找縣衙門。」站起來走了。就在他剛走的時候，黎紹光趕來了，黎小霞姑娘扶著一個小婢，也從家裡聞訊趕來了。女妝的張青禾被黎氏父女師徒四個人錯落跟綴著，公然不懼，往另一條街巷走去。黎老武師見兒子黎紹光尋來，微微點頭示意，從後面遠遠綴著，又向門徒郝允正示意，搶先一步去堵。見女兒黎小霞來了，這老人心中不悅，怒目示意，催她回去。黎小霞年輕好奇，張目一尋，反而緊趕幾步，撲到女妝的張青禾身旁，急急地盯看，她盯著張青禾，張青禾也盯著她；她認不出改妝的張青禾，張青禾卻認得她，而且公然衝她一笑，腳下也放緩，還要湊過來說話。

一個女妝的狂賊，一個擅武的女子，彼此凝視，竟要通言，這便惹惱了老武師黎道朗，不禁搶行幾步，催促女兒趕緊回家。黎小霞無可奈何，帶著小婢，抽身回去。她這裡往回走，女妝的張青禾竟駐足延頸，往回看她，直看她出大街，入小巷，他便要跟了過去。嗣見黎武師父子師徒惡狠狠地看自己，黎紹光尤其憤怒，竟要奔過來動手似的；張青禾覺到景象不對，這才微微一笑，輕舉蓮步，往另一小巷走進去了。

黎道朗、黎紹光、郝允正散漫開，前後跟綴著。張青禾走出很遠，三人跟出很遠，張青禾頓覺情勢不利，心想：「我的偽裝被他們看出來了不成？」情不自禁，低頭看了看裙下雙翹，摸了摸耳上墜子，才又緩緩前行；不便在黎家沖逗留，重往鎮外走去。

老武師黎道朗親自跟綴，直追出三四里地，漸漸不耐煩起來，遂命門徒郝允正，兒子黎紹光，遠遠盯住，教兩人務必認準張青禾落腳之處，留一人監視，派一人回來送信。囑罷，他自己抽身回家。

黎小霞姑娘被父兄催回，正自納悶，覺得女妝的張青禾眼神很可惡，不是女賊，就是男賊化妝的少孀，猜疑了一陣，黎老武師剛一回家，她便向父親盤問。黎老武師說：「這分明是個男賊喬妝的。」黎小霞說：「我看他是的，我哥哥呢？」黎老武師說：「我教他跟你郝師兄綴下去了。」黎小霞想了想道：「這個人可跟張家桂枝姐姐的暴亡案有關嗎？」黎老武師道：「你不用亂猜，等你哥哥看準了賊人的落腳地點再說。」

老武師黎道朗當著女兒，不肯從自己口中說出採花賊三字，可是他已然斷定了，張青禾確是喬裝婦女。候過一個時辰，黎紹光回來了，具說那個少年孀婦模樣的人，經綴出很遠，始終沒有落腳地點，既沒有投店，也沒有到民家借宿。現時她獨行荒郊，在一座土山旁，大樹蔭底下盤膝枯坐，真像個窮途寡婦似的。彼時恰巧遇上郝允正的一個姓張的朋友，郝允正便邀那個張姓朋友幫忙跟綴。因為飯館寶泉居事情忙，所以黎紹光先回來了。

黎道朗老武師聽罷，心中默想，郝允正總是很精幹的人，不至於上當吧。但總覺黎紹光回來不妥，當時放下不究。對紹光說：「櫃上忙，你先回櫃吧。」黎紹光站起來要走，又對父親說：「我看這件事情，我們不要深管。這個少年孀婦，如果真是歹人，只要不跟張宅那一案有關，我們只把她驅走就罷。如今白蓮教鬧得太凶，我想我們不必太過強出頭。」說著上飯館去了。黎老武師哼了一聲，也沒言語。

卻不料黎老武師直等到下晚，還沒見郝允正回來，漸漸覺得情形不對。等到吃過夜飯，老武師大怒，喚來兒子，拿了武器，重新尋了去。尋到荒郊，找不到郝允正；到郝家去問，也沒回來。尋張姓朋友，卻早回家了。問起來時，那女子忽然鑽進樹林，郝允正追入樹林，隨後就全失了蹤。

老鏢師黎道朗越發憤怒，抱怨兒子黎紹光道：「教你們兩個人盯著，就怕的這一手，你們倆一對糊塗蟲，弄不好，郝允正就許遭了賊人的暗算了。」黎紹光滿面通紅道：「這該怎麼樣？我想郝師兄也不會太笨吧？」黎道朗道：「我也不知道該怎麼辦，現在只有一法，就是盡力到各處去找。」父子一齊出門。

這時候新月已掛天空，郊野一片淒清。黎氏父子依照張姓朋友所說，到那樹林前後，往返排搜，並用口哨招呼。直找了半個更次，無人回答，反而引起村犬狂吠。又蹚了好半晌，月色大明，最後才在叢草中發現了被捆成粽子樣的郝允正。黎氏父子把他扶起驗看，口中倒沒有塞物，人卻昏沉沉，好像中毒。

郝允正甦醒過來，細加盤問，才知是受了蒙藥的毒。

這事總怨郝允正自己疏忽，又受了賊人美貌豔語的誘惑，才上了一個當。郝允正暗綴女妝的張青禾，起初張青禾也有點驚慌，意欲逃避，只是逃不開。後見黎紹光回去送信，荒郊中只剩下郝允正一個人了，張青禾便乘機拿出妖媚手段，反向郝允正勾搭。郝允正原本疑心他是男子假裝，因見他移岸就舟，便也湊上來，拿張青禾當作女子來調戲。張青禾假扮作青年豔孀，向郝允正眉目含情地說：「你這位客爺，放著大路不走，總綴著我們女人做什麼？」郝允正惡作劇地說：「小娘子，你放著大路不走，總扭回頭來，看我做什麼？莫非小娘子一個人太嫌孤單，要我給你做伴嗎？」

口說輕薄話，直湊上來，一面睜著一對狂放的眼，一面就動手動腳，把一隻手直往張青禾肋下伸來，並且笑說：「我看小娘子鞋弓襪小，走路艱難，待我來攙扶著你走路吧。」很魯莽地拉住張青禾一臂，硬往路旁扯。此時荒郊野外，黃昏時分，近處一個人也沒有。郝允正故意把張青禾當作女人，似乎要施強暴。要借這猛拖強曳之勢，看一看張青禾腳下雙鉤，是否是踩著木蹺。張青禾果然被拖得踉蹌欲倒，故意哎喲地叫，口中不住討饒道：「客爺別這麼拉拉扯扯的，你老綴著我，不讓我走，你老打算怎麼樣？你老要好好地說，別動粗的！」

這麼很柔媚的央告，把個粗疏的郝允正引逗得弄假成真，居然生了調情之念，張青禾一面嬌怯怯地往後掙躲，一面軟語乞憐，絕不大聲呼救。郝允正就雙睛冒火，獰笑道：「小娘子，我不管是真也罷，假也罷，現在曠郊無人，日影已下，你痛痛快快跟了我走，有你的便宜。你要不依著我，我就捉住你，捆上你，驗看驗看你，到底是個風流女盜，還是個男扮女裝的採花賊。小娘子，你不知我老人家也好男風嗎？」

郝允正且說且用強力，把張青禾腳不沾地，直往草叢強契。張青禾頓時滿面通紅，益增嬌媚，口中不住告饒，身子也直往後閃，似乎他的力氣敵不住郝允正。他一面往外掙躲，一面往四周看，猝然一個冷不防，把袖中一物抽出，猛照郝允正臉上一撲。郝允正惡意調情，把張青禾看作念秧一流，疏於防範，不料遭了暗算，哎喲一聲，奮力掙扎，無如這藥力很大，又是直衝塞到口鼻間，兩人開了交手仗。論力氣，論拳技，郝允正全不曾失敗；可是他一受蒙藥，頭暈眼花，便被張青禾一撲倒地。郝允正仰面栽倒，女妝的張青禾反而壓在他身上。他努力踢打，張青禾不管不顧，只將袖中物按在郝允正的鼻孔上，郝允正漸覺不支，振吭大吼，又被扼住咽喉，工夫不大，便人事不省了。郝允正是怎樣被捆，是怎樣被拖到草叢，他全不知道了。張青禾本要殘害他的性命，幸而村犬望影狂吠，張青禾又沒帶著刀，郝允正這才倖免。

當黎武師父子，尋見了郝允正，用門板搭救時，只顧救人，可惜忘了搜賊。當時若能繞著附近細搜，必可發現潛伏的張青禾。現在只顧抬人往回走，殊不料反教張青禾暗暗綴下來了。

黎氏父子回到家，在堂屋中，把郝允正救醒，細問受紿經過。郝允正非常羞慚，不肯說自己貪色被惑，只草草說受了蒙藥。問他，張青禾到底是男是女，他也說不清；問他，張青禾逃到何處，他也說不上來。武師黎道朗對這無能的弟子，大表不滿。正要喝斥他，又要細訊他，這工夫女兒黎小霞正立在旁邊，也跟著打聽。黎老武師因此有些話，不好當著女兒說。跟手郝允正的叔父尋來了，聽說姪兒追賊受害，反而抱怨黎老武師，郝老頭立時雇來了暖轎把郝允正抬回家去了。

黎府堂屋之中，明燈輝煌，黎老武師坐在太師椅子上，十分不快，先申斥兒子黎紹光，廢物無能，又罵郝允正枉生了三十多歲，旋又數落女兒黎小霞身上，「你一個女孩子家，這是訪拿淫賊的事，你出來做什麼?」黎小霞見她父親有點洩憤遷怒，女孩兒家性子嬌慣，不由掉淚說道：「爹爹越老脾氣越怪，把我們全罵到了，也捉不著賊呀!」一頓足，轉身走回閨房，對著燈生悶氣。

老武師黎道朗真個是越老，脾氣越古怪了。他沒有訪著採花賊，又受了郝老頭的抱怨，竟把兒子徒弟罵了一夜。徒弟已走，兒子也躲到櫃上去了，這老兒沒的可罵，就很負氣地喝了一頓酒，說道：「你們這幫年輕人，個個全渾蛋，又不聽話，又不受教，我再也不管你們的閒帳了。」竟氣哼哼地睡在書房，把尋賊的事丟下，不聞不問了。

哪裡曉得，因為他們父子師徒的慪氣，竟便宜了採花賊張青禾，毀害了俠女黎小霞！

就在這天夜間，張青禾潛蹤重來到黎家沖，把黎武師家宅的門認清。三更以後，更跳登鄰房，伏在房脊上，窺看黎府的虛實，黎武師醉眠的書房，黎小霞安歇的閨房，都被他認準了。

這張青禾少年狂傲，暗算郝允正以後，認為黎武師是個有名無實的老鏢客。他的門徒既如此不濟，他的本人和他的子女，其本領也就可想而知，稀鬆平常了。他把牙一咬，竟要惡作劇，鬥一鬥這個鏢師的全家。並且他已然兩次認準了貌美英爽的黎小霞，他早就起了痴念。心想，我是個武林人物，我若能得此女為妻，卻是豔遇，我應該設法把她抓到掌握之內。

他想他的同伴桑林武說過，有一個武功很好的女俠，被桑林武誘擒失身，這女俠痛哭之後，竟向桑林武說，情願嫁他為妻，但要他改行；不然的話，這女俠便要先殺桑林武，次再自殺。桑林武當時假意答應了，這個女俠居然將錯就錯，真個委身相從。不過弄到後來，桑林武不改惡行，這女俠到底悲憤而死了。張青禾想到這一節，認為桑林武太狠。他說，自己若能得到這麼一個多情美貌的女俠，他就一定拿她當妻室看待，現在張青禾看上了黎小霞姑娘，他要想法子，把黎小霞弄到自己掌心。

黎小霞在閨房中對燈枯坐，悵惘無聊。她是個很受父母寵愛的嬌小姐，今天橫被父親吃醉酒，數落了一頓，把她氣哭了，對著燈生氣，要睡，又無倦意。這工夫，少年賊雄娘子張青禾已然悄悄掩入黎宅，溜到後窗，破窗偷窺，看見了燈下負氣的黎小姐，穿一身粉地碎花、家常短衣褲，長裙已然脫下，顯得體格苗條，嫩白手臂，支著下頰，看著燈下刺繡活計，一言不發。閨房布置雅素，沒有張桂枝的繡房那麼華麗，卻在壁上掛著一隻箭袋、一把弓囊，還有一把綠沙鞘的寶劍，擺在梳妝臺上，似乎是剛取下來的。黎小霞坐在桌旁，發了一個怔，嘆了一口氣，忽將銀燈挪到繡榻旁的小茶几上，似乎要上床。

不知怎的，又不肯解衣入睡，連鞋也不脫，和衣倒在床上。

這一來，張青禾在後窗，看不見了，便要繞到前窗；卻又隱隱聽見前庭有人說話，他便藏在暗處偷聽，原來是黎小霞的嫂子，也就是黎紹光的妻子，聽使女說，小姐跟老太爺慪氣了，特來安慰小姑。到了閨房，一直進來，坐在床邊，向黎小霞解勸：「老爺子輕易不鬧脾氣，就怕酒喝多了，免不了嘴碎。今天老爺子連眼珠都喝紅了，你哥哥已然教老爺子數落走了，姑娘就別生氣了。老人家絕不是跟姑娘生氣，實在是跟郝允正郝師兄鬧彆扭。」

姑嫂二人說了一回話，黎小霞似乎消了氣，坐起來了。過了一會兒，黎娘子出去了，黎小霞起來掩門，摘下首飾，梳了梳鬢髮，預備睡覺。張青禾睜著一對色眼，偷看黎小霞的舉動。果見黎小霞放下帳鉤，脫了繡履，換上睡鞋，抬眼看了看窗，便上了床，從帳子內探出半身，把燈也煽熄了。在張青禾眼中看來，黎小霞已然熄燈登榻，解衣安眠了。

張青禾大喜，看了看四周，各屋燈光多已熄滅，估計時候，早到三更以後了。立刻活動起來，把薰香盒子打開，點著，發出濃煙來。破窗送到繡房，輕輕搧動機關，把薰香完全輸入屋內。

約莫有一刻工夫，時候差不多了，便撤出薰香盒子，熄滅了煙，放在百寶囊內，然後退離後窗，輕輕跳上牆，繞到前庭，裡外查勘了一遍。偏巧黎府上並沒有司夜的狗，院中一點防備都沒有。張青禾溜到上房，側耳偷聽了一回；又溜到書房，偷聽了一回，知道全院都入睡鄉。他就大放寬心，暗笑黎武師有名無實，竟如此廢物。他這才把精神一提，不走後窗，仍到前庭，掏出小刀，摸到黎小霞的閨房門前；把小刀插入門縫，輕輕一挑，只聽得嘩啦一響，門了鳥似已被挑落。張青禾將欲推門，又回頭看了看，漆黑的庭院，悄然無聲，張青禾放心大膽，收小刀，抽寶劍，左手提著，右手便推門房。不料隨手一推，只聽吱呱呱響了一下，竟沒推開。

張青禾心想，也許門了鳥雖然挑下來，另外還有插關，張青禾把寶劍換交左手，右手再抽出匕首，插入門縫，輕輕地劃動，先往上一挑，又往下一挑，居然發覺，約當四尺高的地方，有東西阻擋刀鋒：這一定是插關兒了。張青禾用力往下撩，竟撩不動。改用刀尖，一點一點地撥，漸漸撥開了，便信手一推，門扇依然吱吱地作響，依然推不開。更用匕首刀，插入門縫，上下重劃，覺得在三尺多高的地方，又有了阻礙了。

張青禾心中詫異，明明記得三尺高的地方，原有了鳥，已被挑落，是怎的又掛上了，莫非是屋中人已然起來，自己在外面撥門，屋中人在裡面上了栓？

張青禾此時異常膽大，怒恨了一聲，把匕首拚命插進門縫，拚命用力挑劃，結果，裡面的栓挑開了，又掛上了，始終無效。按理說，張青禾應該明白，這是遇見了勁敵，當謀改計，而且三十六計，走為上計。他竟欺負黎武師的無能，低聲怒罵了一句道：「我偏要弄開門，我不信屋中人會破了我的薰香。」便將匕首刀插起，一手提劍，俯下腰來，一手扣住門扇下端，要把門扇硬端下來。

這閨房的門，原是格扇，很容易往上端的，張青禾單臂用力，響了一聲，把一片格扇門端出槽了，便急急一側身，往裡一推，推開一尺多的縫子。張青禾急急地往後一瞥，耳目留神，身手急進，把半個身子掩入閨房！

張青禾太膽大了，一心欺負黎小霞姑娘是少女，又中了薰香，料想無甚伎倆。卻不料他身子剛剛鑽進閨房，背後側面便有一道冷風襲來。張青禾倒是防備著了，急急地往旁一閃身，啪的一下，肩頭上被釘上很尖利的一物，立刻火辣辣地痛。張青禾大怒，利劍一揮，旋身索敵，就手把肩上的暗器拔下，是小小一支袖箭，幸未深入，卻也鮮血迸流。忙按了一下傷口，照袖箭發放處，用原箭還打出去。啪的一聲，知道打空了。

這時閨房內銀燈已滅，滿屋黑洞洞，幾乎對面不見人。只發現後窗已然洞開，似乎窗扇已然落下，張青禾正在挺劍索敵，敵人已先尋來。黑乎乎的人影，一聲不響，唰的一聲，又嗖的一下，一陣利刃劈風，猛撲過來。張青禾急忙招架，先躲開第二支暗器，然後揮劍迎鬥，把對手的兵刃架住，就手一送，還刺出去。

對面人影竟不出聲，揮動手中兵刃，照張青禾劈、刺、挑，扎，剛遞手，便發了四五招，張青禾肩頭負傷，自悔大意輕敵，可是對手不出聲呼喝，他也戀戰不退，把嵩陽派劍法施展開，和敵人摸黑狠鬥，轉眼間，在閨房明間，一進一退，對鬥了七八招。

對手使的也是劍，倒也招熟手快，只是臂力不濟。張青禾隱隱聽出對手，嬌喘吁吁，進退輕飄，一定是黎小霞姑娘本人。張青禾低聲喝道：「丫頭，趕快投下兵刃，有你的好處，不然我可要下絕情了。」恰見對手在黑影中，向自己這邊凝眸窺看，跟著一聲不響側身進劍，又照張青禾咽喉刺來，張青禾故意賣一招，容得敵手的劍刺到，方才一閃身，右臂用足力量，把劍鋒照敵劍狠狠一削，敵手抽招不及，兩口劍相碰，錚然嘯響，激起火星，敵手不由得喊了一聲：「哎喲！」

張青禾說道：「好！」認定人影就是黎小霞，低聲罵道：「丫頭，我教你嘗嘗，你倒有兩下子，我也給你一下子！」說到此，喝聲：「著！」約略方位，探囊取物，照對手臉盤打去，對手早有防備，似乎不怕他打暗器，只怕他打迷魂袋，倏然一俯腰，又往旁一竄，跟著失聲一呼，似乎摔倒，張青禾大喜，把利劍一順，撥草尋蛇，往前掛下一掃，掃開了腳下磕磕絆絆的東西，立刻進步跟追。

不料，他才邁進兩步，腳下又絆著一物，黑影中幾乎摔倒，趕忙地用劍一掃地，身往旁閃，奮足一掃，突然劈面又砸來一物，黑乎乎形狀甚大，張青禾趕緊招架，竟是個洗臉盆架，張青禾摸黑奪住，對手的腕力似乎敵不住他，被他奪過來，就手還送過去，對手似乎用兵刃架開，撲噔一聲，重物墜地，張青禾用劍又一掃，進步上前，欲要捉拿黎小霞。

這個對手真就是黎小霞，黎小霞姑娘少年性傲，自恃本領，要親手捉賊，並報那日誤中薰香之憤，無奈黎小霞畢竟是女子，氣力敵不住少年賊張青禾，她把屋地上擺了許多木器，想把賊人絆倒，賊人並不上當。可是黎小霞很負氣，不肯出聲呼援，自恃黑影中認得清屋中形勢，賊人卻未必活動得開，便往後退下來，退到屋隅，依然和張青禾支持。張青禾也太膽大，黎小霞不肯出聲，他也就昂然不退，兩人摸黑對劍，全不敢太迫近對手，只用劍尖突擊。

當下兩人又對了幾招，在張青禾覺得對手功夫很強，在黎小霞卻覺得情勢惡劣，自己不是賊人的對手，有心喊救，又有點不甘心。這工夫，張青禾雙目凝神，漸漸辨清一切，很狂蕩地笑道：「你是黎家的姑娘，你打不過我，趁早依從了我，不要教我費事。黎姑娘，我是個風流人物，我很歡喜你，你趁早把劍丟下吧。不然的話，你可是作死，我要拿法寶取你！」

不論他怎說，黎小霞還是不言語，手中劍不斷照張青禾要害刺來。張青禾暗將一物取在左手，右手劍一展，照黎小霞下盤斬去。黎小霞微微一閃，正要還招，張青禾忽然冒險迫攻，直逼過來，黎小霞留神防備他的劍，他卻將左手一揚，猝照黎小霞面孔抖來。黑影中，似乎泛起一陣黃霧，黎小霞吃一驚，急忙屏息躲避。黎小霞本曉得張青禾有薰香，又有迷魂袋，她已將鼻孔堵塞，自謂不用鼻子嗅，便不至於中毒受害。她自然不明白物理，人的呼吸，不止於用鼻，也還用嘴，嘴吸進蒙藥，肺裡照樣要受麻醉，黎小霞只道堵住氣孔，閃開正面，便不怕賊人的毒招了，哪知力戰氣喘，口張喉開，立刻有一股毒氣入肺，立刻覺到了噁心欲嘔。

黎小霞自覺不好，趁精神未迷濛，急急振吭呼救。「爹爹快來！哥哥快來！」一面揮劍拒敵，一面覓路欲逃。

張青禾真是幹這個的，一看出黎小霞中毒欲逃，左手又將迷魂袋一抖，右手劍更惡狠狠照黎小霞高胸刺來，料到黎小霞心忙意亂，必然橫劍格架，果然黎小霞慌不迭地閃躲，右手劍也往外一封，張青禾正等著這一招，立刻搶劍一收一發，猛照黎小霞的劍背上一搭一顫，叮噹一聲響，黎小霞的寶劍幾乎被打落。雖未脫手，可是虎口震得生疼，不覺地又失聲叫了起采，張青禾大悅，叫道：「小姑娘來吧！」猛然進欺，直擠到黎小霞懷中，便要下手活捉人。

兩個人立刻開始了肉搏，張青禾奪住黎小霞持劍的手，黎小霞也奪住張青禾持劍的手，這樣一鬥，黎小霞上當了，第一，女子的氣力斷敵不過男子；第二，張青禾還有一隻迷魂袋，越肉搏，越好運用。張青禾陰淒淒地發出猥褻聲調道：「小姑娘別動手了，跟我享福去吧！」兩膀用力，要俘虜黎小霞；並趁百忙中，用迷魂袋照黎小霞人臉一打，居然很得手，整個打在黎小霞臉上。但是黎小霞也正搶先招，把一支暗器狠狠插在張青禾的臂上。兩人同時受了對手的暗器，同時失聲叫喊起來。

黎小霞的鏢深入張青禾臂上，張青禾負傷濺血，張青禾的迷魂袋打在黎小霞臉上，噎得黎小霞喘不出氣來，雖然努力掙扎，狠命地閉住呼吸，雖然還沒有中深毒，卻是先聲奪人，黎小霞嚇得亂了手腳，不由心慌意亂，銳呼：「爹爹救命！」張青禾立刻再下辣手，這隻手將黎小霞一臂拖住，那隻手來扣咽喉，兩腿一錯，竟把張皇失措的黎小霞姑娘一推又一帶，腳下又一絆，整個摔倒在地下。張青禾趕緊地用迷魂袋來掩黎小霞的口鼻，整個身子壓了黎小霞，低聲喝道：「老實點，別動，看宰了你！」黎小霞發狂似的掙奪，竟被青禾很快地抽出兜包繩套，要將黎小霞背走。就在這時候，迷魂袋藥力漸漸發作，黎小霞失去了爭鬥的力量，連叫也叫不出了，勉強出氣，連叫了幾聲。青禾急用布套，往黎小霞頭臉上蒙套，黎小霞窒息欲死，竟被套住，用兜包一兜，黎小霞的兵刃早被打落，青禾忽遽間把黎小霞的武器，草草搜洗了一下，當下就要把人揹在背後，生生架走。

就在這時候，黎老奶奶在上房已然聽到了動靜，而且聽了好半晌了。這老奶奶直聽到門扇響，這才大驚坐起，大聲叱問，竟沒有問出答話來。這老嫗雖手無縛雞之力，畢竟是鏢客之妻，慌忙地爬下床頭，黑影裡摸了一隻銅盆，開窗猛拋了出去。噹啷的一聲，又振吭大聲喊道：「有賊，有賊！」於是院內的人多半驚動。內院裡全是婦女，黎老奶奶之外，便是黎大娘子，黎大娘子也是懂拳技的，而且丈夫黎紹光也沒在家，黎大娘子竟冒險溜到外院，砸書房的門。

黎老武師在書房負氣飲酒，老早地睡了，直到兒媳婦敲窗低叫，方才醒轉。只聽得鬧賊二字，陡然驚醒，這老人一躍下地，摸著枕邊一把刀，又抓起鏢囊，衣履不整，慌忙地開門跳出來。剛喝問了一聲：「賊在哪裡？」不等答話，如飛地搶到內院。採花賊張青禾背負黎小霞姑娘，已然搶出廂房，撲奔後院，黎小霞身雖被俘，教淒冷的夜風一吹，閉塞的呼吸好像暢通，拚命喊了一聲：「爹爹救我！」一打千金墜，往下一掙，張青禾正要跳牆，這一下竟沒跳過去，老武師黎道朗已然狂呼趕到。

張青禾大怒，持劍威嚇俘虜，老武師黎道朗見狀大吼道：「好惡賊，膽敢搶人，快給我放下！」探囊取出暗器，要沖賊人打；陡又投鼠忌器，重喝一聲：「賊子，看鏢！」手一轉閃開上盤，照下盤打去。鏢才發出，手中兵刃一擺，急急上步，照賊人刺去。張青禾獅子搖頭一擺，閃開敵刃，還劍急掃，兩個人在牆邊鬥起來，老武師且鬥且喊，又厲聲叫著女兒黎小霞的名字。黎小霞被賊人兜包套住，拚命嘶聲喊叫：「爹爹，爹爹，我中了賊的暗算了！」

老武師黎道朗怒氣填胸，酒已驚醒，手中刀如狂風驟雨，狠狠攻打。不料採花賊張青禾拿黎小霞做了擋箭牌，牽制得黎道朗不能下毒手，老武師憤極怪吼，阻住牆頭，不使賊人越牆擄人逃走。鬥了十數合，張青禾好像支持不住，故意一敗，循牆急走。黎道朗趕上去，唰的一刀，心想砸飛張青禾手中的劍，便可硬上前，打交手仗，張青禾果然還劍一架，劍鋒碰刀刃，激出火花，張青禾失聲一叫，老武師大喜，一直迫上來，刀花一轉，直欺到張青禾身旁，老武師情知惡賊張青禾背負一人，周轉不靈，立刻展開肉搏，奮力進身奪取愛女。

不意張青禾正要用他那一招毒計，容得黎道朗挨近身，提劍往外一封，把黎道朗的刀架開，立刻對左手迷魂袋一迎，整整打在老武師面孔上。這也是黎道朗搭救女兒心切，明知賊人有這種陰毒的暗器，他還想要緊快的鬥法。迫得賊人緩不過手來，而好就中取事，哪知貪功過甚，這一迷魂袋打在臉上，似有異香刺鼻，不禁大驚後退。青禾看出對手驚慌失措，卻又追進一步，再趕一招，把迷魂袋又打出來，黎道朗老武師到底年老自力不濟，趕緊還刀一挑。青禾右手劍唰的砍下，將迷魂袋又一抖。老武師黎道朗急忙後退，青禾趕上去，倏蹴一腳，老武師咕噔一聲，仰面栽倒。青禾哈哈的一聲長笑：「這樣的武師，真個丟人！」本要進身揮劍，刺殺黎道朗，不知怎的，稍一俄延，黎道朗就地「燕青十八翻」，滾出多遠，青禾叫道：「老頭子，看在你女兒面上，我饒了你吧。」一手提迷魂袋，一手持劍，背後負著迷失知覺的黎小霞，很快地循牆急走，撲到後院，越向短垣，這就要擄人越牆而走。

突然，角門黑影中竄出一人，叫了一聲：「有賊殺人了！」舉起黑乎乎一物，照青禾打去。張青禾側身一閃，便閃開了，只將手一抬，聽得咕噔一聲大響，是重物墜地，旋又有一個人在廂房屋門後大喊：「救命，殺人，有賊！」

這工夫，黎宅全院喧鬧之聲驚動了四鄰，更驚動了四鄰群犬狂吠，少年賊張青禾有些心慌，用盡氣力跑開來。往牆頭一躍，又沒有躍過去。張青禾便要把成擒的黎小霞姑娘棄去不擄，但又捨不得，黎小霞姑娘此時似已失去知覺，不能出聲，也不能掙扎。張青禾回手一摸黎小霞，頓時變計，竟撞開後門，如飛地逃了出來。

黎宅的四鄰雖然驚動，竟沒有一個人敢出來援救，張青禾放心大膽，背著人逃走，黑影中只從黎宅奔出來兩個人，一個人是中毒就蹶，因而跌倒的老武師黎道朗，黎道朗人已氣糊塗，想不到人老受欺，一世威名竟抵不住二十許歲的少年賊，氣極幾乎要自殺，還要追救女兒，偏偏兒子又被他罵走，門弟子也沒在眼前。第二個追出來的，僅是他家一個長工，睡夢中驚醒，抄起竹楨，赤背出來赴援。黎老武師急得說不出話，只連叫：「追，追，賊，賊！」兩個人奔追出來，張青禾已將去遠。

黎老武師本可以追上，無奈頭腦涔涔，兩目昏花，他吃虧的就是他那一隻老花眼，一到夜晚，十成本領剩不到兩三成，而且他又多喝了酒，倉促間啞著嗓，亂叫急追，右胯好像錯了環，乾著急跑不動。那個長工崔福升，居然很忠勇，高舉竹楨，如飛趕上前，大叫：「好賊，快給我放下人！」張青禾且跑且回頭，奔馳田野間，好像胸有成竹，不過背著一個女子，既恐人追上，又怕人看見，見黎氏主僕追趕甚急，故意緩了一下，等到崔福升撲到，抖手一鏢，把崔福升打傷，張青禾冷笑道：「畜生，不要命就追。」立刻把崔福升嚇住，大叫起老主人來。腿上一鏢深入寸許，一拔下來，流血不止，張青禾借此機會，把黎小霞背入林中。

轉眼間，老武師黎道朗趕到，長工崔福升坐在地上不住叫喚，黎道朗顧不得救傷，忙問賊人逃往何處，崔福升一指樹林；老武師捨死忘生，搶奔樹林，但等到一步一探，提防暗算，把樹林搜完，張青禾已背著黎小霞，逃得沒影了。

第六章　同床異夢一擊未中

老武師黎道朗擂面號啕，大呼大叫，可是女兒到底已被擄去。

黎小霞姑娘挾著一身武技，到底被少年賊俘走。

當初被俘時，黎小霞神志漸昏，尚能掙扎，少年賊張青禾百忙中又張蒙藥照黎小霞口鼻塞去，黎小霞極力抵拒。終於耳輪轟的一響，天旋地轉，滿眼冒黃煙金花，人事不省了。

也不知經過多大時候，黎小霞覺得周身奇冷，如被冰蛇纏繞，而且渾身骨節痠痛，身體也覺著有了變化，更覺頭痛若劈，氣阻喉塞，拚命一呼，沒有呼出聲來，一舉手，一抬腿，也轉動不得，費了很大氣力，僅僅睜開了雙眸，滿眼昏黑，猶在夜間，鼻孔嗅得濕霉之氣，好像身埋墳墓之中。定醒良久，方才覺出，身子被綁在土室草榻上，小木板門大概倒閂著，小窗洞也被什麼東西擋著，卻從窗隙透過來一線微光，大概這時候已非夜間了。黎小霞非常難過，掙又掙不動，叫又叫不出，只發輕微的呻吟來，但她立刻疑到自己已被陷入魔手，身在魔窟，便不敢再叫，只努力定醒，過了好大工夫，神志越發清明，更覺得自己不但手足被縛，而且渾身衣服也被脫去，現在身上只覆著一個被單，試努力掙起，才覺出雙足被捆在床腿上，雙手反縛，也難起勁。

黎小霞知道受了汙辱，忍不住痛淚交流，尤其口渴得難受。現在被囚在這小土屋裡，正不知究在何處，也不知惡賊是否潛伏在一旁。想到這裡，又悲、又愧、又無法可施。幸而腿被捆住，上身還略能轉側，努力欠起頸項來，向四面一看，土室中一個人也沒有，室中又沒有什麼擺設；猜想這一定是惡賊的堆子窯了。若是賊人的堆子窯，外面定有監視肉票的賊黨。

黎小霞向外看了一眼，累得頸項生痛，又不禁慘然淚下了。

想不到自己乃是個名武師之女，現在竟被惡賊綁了肉票，成了財神奶奶了。一個女子陷身盜窟，清白當然難保，自己遭遇更慘，這賊人多一半就許是父親的仇人，故意汙辱自己。自己為全名節，保家門，最好是趕緊自戕。但是如今被賊捆得一個結實，怎樣才能夠自盡呢？就自盡，怎能洗刷清白之名？

黎小霞苦思無計，真有求生不能求死不得之痛。更且怒火上騰，一點也不餓，只覺十分口燥，好像口渴比餓還難受。側耳聽了聽外面，沒有什麼動靜，忍不住發恨道：「該死的賊，就這麼樣把我囚在這裡嗎？」正想處，忽聽外面嘰嘰喳喳，似有人說話。彷彿一個蒼老的口音說：「許是醒過來了。」又一個較為幼稚的口音說：「大概醒了。」那個年老的口音，好像帶著恐怖的意味說：「這件事可真不好，我們不管吧，他要毀我們，我們要管吧，這明明是犯法的事。這個女子據他說，是他逃妻，可是我明明看出，那是一個沒出閣的姑娘，又明明是我們本地人，怎會是他的逃妻呢？他拿刀子威嚇我們，又拿銀子錢騙哄我們，我們不答應他，他要殺我們。常言說，姦情出人命，弄不好我們跟著打註誤官司呢。」

黎小霞在囚室中，聽見這樣的私談，已猜知這看票的不是賊人一黨，多半是被賊威逼利誘的荒莊野民。她想了想，要冒險發話，套問真情，忽然想：「且慢，我再聽一聽。」停了一會兒，又聽出那個年老的人嘮叨著，抱怨命運不好，遇上這等犯法的歹事。那個年幼的人就說：「依著我說，我們丟下這個破家，偷跑到鎮裡，找我們親戚藏幾天，不就完了。我們的家，就算叫他們霸占了，我們的人可能逃出虎口，不至於受他們的拖累。」那個年老的人說：「你這主意不行，若是行，我早就帶你跑了。要是只有那個年輕的外來賊一個人的話，我們逃掉，他再也找不著我們。最可恨是汪老四，受了外來歹人的好處，甘心當他的小夥計，汪老四又是個地理鬼，我們決計跑不開，就跑開，也被他們掏出來。他們本說，我們如果妄想洩底潛逃，一定把咱們倆殺了。你說怎麼好？我又膽小，又腿腳不靈，你又太年輕，我們簡直是閉門家中坐，禍從天上來……」

說著低聲呻吟，微帶哭聲。那個年幼人好像動了怒，剛罵了一句：「萬惡的狗賊，我上衙門告發他們去！」那年老的人很恐慌地阻住了，好像又低聲說了幾句話，兩人全不敢言語，並且離開了地方。

工夫不大，便聽見一個湘中口音的粗暴男子，走了過來，罵罵咧咧，敲打柴扉，又叫了一聲：「陸跛子，娘賣皮的，你，哪裡去了？」

那個蒼老的聲音，大概就是陸跛子，立刻答應了一聲，道：「聽見了，汪四爺才回來，小毛子，快給四爺開門。」

於是那個年幼的口音，便是陸小毛，趕緊地且答應，且奔跑，把柴扉開了。這門好像還倒加著鎖，跟著履聲橐橐，汪老四進了院子，裡外巡看，喝問陸跛子和小毛：「沒有人來嗎？」回答說：「沒有。」又問：「你們出去了沒有？」回答說：「你老一走，我們這門就鎖著，我們連門口都沒去，我們就在這房後劈柴禾呢。」汪老四罵道：「娘賣皮的屋裡的點子沒跟你們過話嗎？」回答道：「沒有，沒有，從你老走後，屋子裡一點動靜也沒有，不是睡著了，恐怕就是……」汪老四厲聲道：「恐怕什麼？」陸跛低聲搪塞了幾句話，好像是擔心屋中被囚女子或已困頓垂危。

汪老四說道：「放屁，你怎麼知道她快死了？你趴窗眼看了嗎？」陸跛忙道：「小人可不敢。」汪老四半晌沒言語，好像正攀窗縫往裡窺看。被囚的黎姑娘橫陳草榻之上，早已聽出話口，見窗隙忽透微光，趕緊閉目不動，儼如昏厥。

汪老四窮看良久，忽然說：「唔，別是真壞了？不能啊！」

轉臉來，依問陸跛：「這屋裡的女子沒向你們央告嗎？也沒向你們要求釋放嗎？也沒向你們要吃的、喝的嗎？」陸跛趕緊答應了一串話：「沒有說話，沒有央告，也沒有要水喝，要飯吃，就是一聲兒也不響。」

汪老四咳了一聲道：「你們要小心了，昨天幕面的那一位是江湖上有名的殺人不眨眼的女賊。你們可留神，別叫女的宰了你，別叫女的跑了。她只一跑，一定告你們，幕面的那一位也絕不饒你們，好在那一位說了，只在你們這裡耽擱三五天。不久還要帶這女的遠走高飛，只要平安無事，熬過這三五天，他一定賞你們二百兩銀子，你們就發個小財了。好在你們這地很僻，絕沒有打岔的人來，就有人來，你們也別讓他進這屋，你可以往正房讓，這間小屋千萬別叫生人伸頭探腦，人家要問，你就說是產房。」隨又告誡陸跛：「你們注意屋中女子，須提防她聽見動靜，狂呼救命。她如敢喊，你只管進去堵她的嘴，把她拍昏過去。」好像將一物交給陸跛說道：「她只一嚷，你拿這東西，照她口鼻上一蒙，不大工夫，她就人事不省了。你不許膽怯。只保得這幾天平安無事，你也發財了，我也發財了，別的事咱們全不管。好在這並不是綁票，也不是圖財害命，不過是那位幕面的綠林英雄，追拿逃妻罷了，咱們一點也不喪陰德。就是經了官，咱們也不算犯法。這個女人嫁了人家，又跟情人捲逃，現在本夫捉住了。人家本夫是大英雄，不是楊雄，是石三郎，你明白了？」這個汪老四說的幕面英雄，黎小霞已聽出這是妖賊張青禾。明是採花賊，強擄良家閨秀，他卻誣成逃妻。汪老四只顧誆詞欺騙陸跛，說話聲稍為大些，有一多半話被黎小霞努力聽去，黎小霞幾乎氣瘋。可是，立刻明白了下手自救的門路，並且暗暗打定了主意。

過了一會兒，便聽見開屋門的聲音，門口人影一晃。那個陸跛想是避嫌畏罪，不敢進來，怕叫黎小霞認出面目；那個汪老四戴了面幕，提著一隻小籃，走了進來。直到黎小霞身邊低頭驗視，黎小霞唯恐賊人或行無理，一聲也不哼，假裝昏迷。

汪老四好像看出來了，詭笑了一聲，叫道：「喂，小娘子，別睡覺了。醒一醒，快吃東西，我們是不要餓死活人的。」放下提籃，輕輕給松解繩索，雙腿照舊綁在草榻上，只將攔腰縛肩的繩子鬆開，伸手要把黎小霞扶起。黎小霞睜開了眼，怒叱道：「閃開！」身軀一挺勁，自己坐起來了。面色蒼白，形容憔悴，卻有一種決然不可侵犯的神氣，從雙眸口吻間流露出來。

汪老四好像嚇了一跳，身不由己，往後倒退。他看出黎小霞不能掙脫綁繩，就冷笑喝道：「小娘子，你算是失手了，你不要發雌威吧。我是好心好意，給你送吃的、喝的來了，你不要吵嚷，你乖乖地認命，有你的好處。」遂將提籃中的食物和一壺水拿了過來，笑嘻嘻地說：「我們曉得你手底下有兩下子，我可不敢給你鬆綁。你不要嚷，也不要咬，等我好好地餵你一點飯。」

黎小霞怒道：「惡賊，你敢過來！姑娘不幸誤落在你們一群淫賊手裡，殺剮任便，你要作踐人，我可拼給你們。」說著，把牙咬得亂響，面目悲憤，真如落井的獅子一般，神色十分可怕，雙目閃閃，盯視汪老四，喝道：「姑娘誤中了你們下五門的薰香毒計，別看姑娘落在你們手中，你們不要妄想稱心。我看你們誰敢過來，我拿熱血噴他！」又道：「你不是害我的那個賊，你不要助紂為虐，你一定是那個賊的小夥計，你要放明白些，姑娘並不是好惹的。冤有頭，債有主，你可估量估量。架我的那個賊呢？你把他叫來！」

汪老四見黎小霞侃侃而談，心中驚服，忙說：「小娘子，你倒猜著了，綁架你的不是我，是別人，我是專伺候財神的。小娘子消消氣，先吃點東西！」黎小霞罵道：「惡賊，姑娘要自己餓死，你別妄想！賊子要明白姑奶奶是好好一個姑娘，落到賊人手裡，活著出去，沒臉見人。我現在就要拿性命來洗刷我的不幸！吃東西做什麼？姑奶奶不打算活著回去！」

汪老四說了半天，黎小霞閉口不肯進食，汪老四探頭道：「想不到小娘子如此烈性，可是，你已經失去貞節了，就餓死，也洗不去終身的玷汙。我看你吃點東西吧。再不然，你喝一點水。」把水壺遞過來，說道：「小娘子，你可自己喝，我的差事就管看票，餵票。別的事我並不管。」這個汪老四似乎被黎小霞的淒豔容色、慷慨激昂氣概、以死全貞的烈性所感動，不但把水壺送過來，把餅餌也送到黎小霞身邊，徐徐說道：「我猜你是不肯叫男子餵的，你自己吃吧，我先躲出去，等你吃完喝完；我再來收拾。」說著退出去了，把門也給掩上。

黎小霞要自己餓死，但是餓還好受，渴卻厲害。一陣怒罵之後，黎小霞覺得五中如焚，嗓啞欲裂。本想滴水不入口，竟忍耐不住，只得掙扎，把水壺取來，雙手捧壺，用牙齒把壺蓋咬住揭開，驗明壺內不是濃茶，竟是白開水，試著喝了一口，似乎並無異味，連喝了幾口；越喝越渴，一連數次，竟把一壺水全喝了。氣憤憤地丟在草榻上，經有這水一滋潤，精神上也略覺恢復了一些。只是周身仍然痠痛，坐在木榻上，有繩拴著腿，有手銬子扣住手，仍不能移動，只能微轉身軀，看看三面罷了。黎小霞嘆恨了一聲，不肯再躺下，竟枯坐在榻上，閉目等待後來的結果。

這時候，汪老四正藏在窗外，往裡偷看。既羨愛黎小霞的美貌，又佩服她的臨變凜然不可侵犯的氣概，自覺幫助張青禾，做這強汙女票的惡行，於良心上難安。他雖然也是個綠林人物，卻沒幹過這種事。只是尋常偷盜罷了。他看了半晌，不知怎麼一來，他竟哼了一聲，被黎小霞聽見了，厲聲喝道：「什麼惡匪，快給我滾進來！」

汪老四低聲答道：「小娘子，可不要亂叫喚，我們頭兒有命，人只要狂喊求救，我們立刻就得攔上你的嘴，我們念你也是行家，不肯挫折你，你也該留面子，不要叫我們落包涵，才是光棍。」

黎小霞轉面對窗叫道：「狗匪，你快把你們頭兒叫來！我問問他，安的什麼心，我們保鏢黎家跟他有什麼仇恨？」汪老四說道：「得，得，你別說話了。我們頭兒這就來，我勸你不要自找苦吃。你已然叫人架了財神，你就該守著財神的本分，按著做難友的規矩，決吃不了虧。不然的話，倒給我找出麻煩來，可不能怨守票人不懂情面。」

黎小霞聽了，恨恨不已，半晌說：「你原來是個匪奴才，你快給我把你們的頭兒找來！」汪老四說：「好吧，好吧！你不用忙，我們頭兒過會兒準來，你好好等著吧。」黎小霞負氣不語，躺在草榻上養神。經過了很大的工夫，屋中漸黑，似已到黃昏時分。那個汪老四大概又走了，那個陸跛和陸小毛又在窗前悄聲低語，說是：「天不早了，他們全沒來，屋中囚著女子沒有吃飯，我們不管，我們卻餓的肚子叫。他們既不許我們生火做飯，又不給我們送飯來，我們無故挨餓，夠多麼冤！」那個年輕的小孩陸小毛說道：「爺爺你在這裡盯著，我們偷偷向鄰舍家討點飯來吃。」那年老的陸跛說道：「使不得，若叫他們碰上，可就活不成。他們不准我們離地方，我們還是忍著點吧。」跟著，聽見窗隙有人偷窺，那個陸小毛說道：「那個女的這半天沒有響動，別是餓死了吧。」陸跛忙道：「不要胡說，三天兩天的，哪能餓死。」

這祖孫二人在外私語，黎小霞約略聽出來了，心中一轉：「我何必顧忌？名節已汙，至不濟，也就是一個死，死了比活著還痛快！」打定主見，立刻坐起來，發話道：「喂，外面的老大爺，你行行好吧，你過來，聽我說幾句話。」她這一發話，外面語聲驟停，似乎很害怕。黎小霞不管那一套，立刻大聲說：「老大爺別害怕，我知道你不是害人的人，我是黎家沖的好人家姑娘，叫萬惡的採花賊架綁了來，囚在你們這裡，我知道你也是好百姓，是被他們強迫著看守我的，你們要明白，替匪看守匪票，就是死罪，現在匪人不在這裡，請你把我放開，我們一塊兒逃跑告官，我家很有錢，一定重謝你們！」

黎小霞啞著嗓子，很快地誘說，可是陸跛和陸小毛全嚇住了，好半晌，才想起來低聲說：「你這位姑娘，你千萬別再說話了，若叫他們聽見，你也活不了，我們也活不了，他們有話，你只要一嚷，就叫我們拿東西堵你的嘴，他們說那東西一堵嘴，人就死過去，你不要多話了，叫他們聽見，彼此不便。」

陸跛似乎怕極了匪黨，黎小霞明明聽出來，他們只是沒膽釋放肉票，黎小霞縱誘不動他，可是心中倒很喜歡，因為聽口氣，既已證實陸跛不是匪黨一夥了，總還可以設法。

黎小霞連忙再下說辭：「我是個好人家姑娘，叫惡匪綁架了來，囚在你們這裡，我們家裡人不肯甘休，一定報官捉匪救人，老大爺你想，官人要在你這裡，把我搜出來，你豈不是身犯死罪？老大爺，你不要聽匪人威嚇你的那套瞎話，你若能放了我，我家很有錢，我家裡人一定拿你當恩人，養你的老。」

陸跛和陸小毛對這些話，似乎全聽不入，那老人只一迭聲催黎小霞快住口，說道：「你再說話，我可要堵你嘴了。」那個陸小毛似乎猶豫起來，反問道：「你到底是哪裡人？你不是那位好漢的逃妻嗎？」黎小霞忙說：「我實在是個沒出閨門的姑娘，怎麼會是惡匪的逃妻呢？我是咱們本地人，我就住在黎家沖，我是黎道朗黎鏢頭的女兒，擄我的人是採花匪，你放了我，我會武功。一定跑得開，老大爺，你多多行好，你不敢放我，你想法子給我家送個信成不成？」

陸跛不語，陸小毛問道：「往哪裡送信？」黎小霞大喜道：「往黎家沖，寶泉居飯館送信就行，那是我家開的飯館，老大爺，我問問你，你貴姓，叫什麼名字？這地方離黎家沖有多遠？是什麼地名兒？」黎小霞心想，問出兩人的姓名，打聽出此地的地名，就好辦。

哪知陸跛膽小得出奇，怕匪比怕王法還甚，陸小毛剛一張口，便被他攔住了。黎小霞再三催問，再三央告，許下重酬，答應厚報，陸跛依然很害怕地說：「別言語了，別言語了，你聽聽，他們要來了，你瞧瞧，那不是人影嗎？」又突然一驚地說：「真來了，嗐嗐，別言語了，人真來了。」

說話時，聽見一個清脆的少年口音，立在窗前說道：「跛子，你好大膽，你不要命嗎？」陸跛立刻央告道：「好漢爺爺，我們沒敢違背你老的意思。」少年叱道：「我分明聽見你……」

跟著聽見哎呀，哎呀，苦打告饒的聲音，旋復人聲寂然，另傳來開鎖推門聲響。於是立刻又有一個幕面人物，出現在草榻之前。

黎小霞剛剛臥床閉目，不言不動，至此微微啟眸偷看。這個幕面人物立在黎小霞身邊，正在摘下面具，露出本來面目。

已看出黎小霞人早清醒，竟低笑一聲，湊到身旁坐下，款款說道：「黎姑娘，緩醒過來了。你吃了東西沒有？喝了水沒有？」

說著話，便來伸手，要摸索黎小霞，黎小霞身子被捆住，上半身還能動，突然坐了起來，要掙扎，依然掙扎不得，恨得無法，便瞋目切齒罵道：「狗賊，我姑娘誤遭毒手，有死沒活，你要想作踐我，你是妄想，狗賊，你把姑娘綁架來，到底安著什麼心？狗匪，你叫什麼名字，我黎家跟你有什麼仇恨？別看我被你捆住，我還能夠拿熱血噴你！我還有父兄，找你算帳！」

慷慨罵匪，雙眼幾乎怒出火來，淡白色的面色也陡然泛起紅霞，縱落魔手，另有一種凜然不可侵犯的氣概，使得幕面少年賊不能侮視。這幕面少年正是少年匪雄娘子張青禾，張青禾自恃品貌清秀，居然拿出真面目來，向黎小霞設辭勸說。張青禾說道：「黎姑娘，你不要發怒，我實在是佩服你，很愛慕你。我今年二十一歲。我在武林，也是名門之徒，我至今還沒有娶妻，我起初把你擄來，固然沒安好心，但是你的英姿豔質，我已十分心折。我願意改過贖罪，正正經經地要娶你為妻。而且從此洗手，再也不做採花的案子了。我雖然汙辱了你，我願意把真心掏給你，從此折節改行，也算是你救了我。黎姑娘，你不知道，我初次見你，就很愛你，現在我更萬分地欽佩你。你不要生氣了，我們可以好好地講一講。」說時又要拉黎小霞的胳臂。

黎小霞愧怒躲閃，卻已躲閃不開，頓時氣得面無人色，就要巽血自殘，她剛剛的要這樣做，張青禾已然看破，慌忙退身靠後，連搖雙手叫道：「黎姑娘，黎姑娘，你千萬不要自殘。你不要這樣做，你聽我說，我有下情。你是千金之軀，我害了你，請你準我贖罪！」竟再三的央告，說出愛慕之意，補過之法，後來竟跪在黎小霞的面前了。

黎小霞這時候淚流滿面，偷瞥了張青禾一眼，已看出張青禾的心意。並不願意過分強迫自己，且已看出他真是愛慕自己。可自他頭一手，敗壞了自己的貞操；第二手把自己擄到這裡，仍然捆著，自己的一生是被他毀害了。他定是自己的冤家對頭；自己哪肯聽他花言巧語。黎姑娘哭了一陣，怒道：「惡賊，你已經把我毀了，你還說什麼贖罪！你不要痴心妄想，拿鬼話欺哄我，你真想贖罪的話，你先把我放開。」

張青禾跪在草榻前，仰著臉說：「我和你府上無仇無怨，素不相識，我只是愛你過甚，才做出無禮來，我真是要贖罪，我當然要釋放你的。黎姑娘，你可能可憐我這個一步走錯的少年人不能？你肯下嫁我嗎？你只要點頭答應了，我也不要你發誓，我一定好好把你送回家，我再正正經經地登門求婚。」張青禾這後面的話，多半是謊言了。跟著他見黎小霞垂淚不語，便又說道：「我也明白，姑娘已然失身於我，或者無顏回家。如果是這樣，我願意攜帶姑娘，遠走高飛。等著在外鄉成了婚，過個三年五載，我們再來黎家沖，登門認親。」張青禾花言巧語，向黎小霞跪求。

黎小霞妙目含嗔，手足被縛，無法擺脫開，尤其可恨的是，張青禾把黎小霞的底衣全部剝光，上面只蓋了一個被單，要想掙扎，也苦於裸露無法逃亡，黎小霞恨恨不已地說：「惡匪，你儘管拿好話欺騙人，到底還捆著我。你把我剝得一絲不掛。你認真要贖罪，頭一手你得趕快給我解縛；第二手你得把衣服還我。」黎小霞心想，只要手足恢復自由，身體不再裸露，我就跟狗匪拚了。可是又想，張青禾不是傻子，這種解縛還衣的要求，未必肯許可，她說完了這些話，就兩眼盯著張青禾，等他回答。

果見張青禾眼珠一轉一轉的，笑道：「姑娘你放心，你要求的事我全照辦，只是姑娘得答應我，絕不動手打我，我是百叫百應。」黎小霞恨道：「我落在你手心了，我怎能打得過你！你快把衣服還我，把這繩子給我解開。」張青禾笑著說了一個「好」字，便站起來，偎到黎小霞身旁，不住端詳她的臉和手腳。見她滿面淚痕，手腳捆腫，似乎非常憐惜，遂伸手把黎小霞扶好，坐在草床上。黎小霞非常愧恨，只索閉上了眼，任聽張青禾解縛。哪知張青禾並不先解扣，一隻胳臂半環著黎姑娘，一隻手輕輕撫摸她的手腕，口中低言道：「黎姑娘，你只不跟我硬拚，我絕不忍施展強暴手段。」

黎小霞閉目不語，只催他快點解繩扣。張青禾竟抽冷子，把黎小霞抱住，以唇腮相就，做出來輕薄模樣，黎小霞氣極睜眼，極力閃躲，張青禾低說道：「姑娘，我實在愛你，我實在的……」便要將摟抱在懷的黎小霞，推放在單榻上，他自己也要登榻求歡。黎小霞不能抵拒，滿臉通紅，只惡狠狠一扭臉，把一口唾沫，噴吐在張青禾臉上，身子扭動，把顆頭抵在張青禾懷中，切齒罵道：

「你敢，你敢！」

張青禾竟不能得手，兩個人在草榻上掙扎，黎小霞厲聲喊罵：「狗匪，狗匪，你說人話，還是不做人事，你你你給我滾開，姑娘拿鮮血噴你！」恨極了，竟真要切齒自咬舌根，含血噴人。張青禾變了色，慌忙地躲開身，兩隻手依然攀著黎小霞的肩頭，沒口地央告道：「好姑娘，好姐姐，別別別自己作踐自己，別別自殘，我真是愛極了你，我就躲開你，把衣服先還你。」這工夫，黎小霞面色蒼白，口角漬出血來，已經咬傷了舌尖，張青禾非常的驚慌失措，黎小霞含血噴了他一口，很凶慘地笑道：「惡匪，我誤遭暗算，我活不成，還不能利俐落落的死嗎？狗匪，你只敢過來，姑娘有一腔熱血，都噴給你，你想輕薄我，你做夢吧。」破口痛罵不休，一臉慘厲之氣，悲憤至極。

張青禾似乎束手無策，跳下草榻，遠遠地站在黎小霞對面，作揖、打躬、下跪、發誓，懇求黎小霞不要自殘、自戕，黎小霞口角瀝血，恨笑道：「惡匪，你的話我全不信了！現在只有一條道好走，還我衣服，解去綁繩，讓我自己個回家，我已然教你害了，不是處女了，我就投托尼庵，出家修行，你小子只算是我的冤孽，我也不想報仇，我也絕不能從你，你放下你那顆私心吧！我不是那種良懦女子，你休要妄想生米做成熟飯！」

張青禾愣了半晌，自己搔頭道：「我作孽作的多了，我所害的女人，只要跟我硬拒，我一定要她的性命。不知何故，我一遇上你，我就捨不得下毒手了，我實在是要娶你為妻，從此改節向善，不料姑娘如此貞烈，殺你是捨不得，放你又如何能成？罷罷罷，黎姑娘我也不知何故，竟如此迷戀你，你放心，我就依著你，今晚天一黑，我就把你送回去。姑娘若能可憐我一片痴情，你只說出一個字，我就攜帶你遠走高飛，在你是躲避人間恥笑，在我是從此改過，另做新人，現在我也不必多說了，我先把衣服還你，把你手下的繩子解開，你先歇歇，喝點水，吃點東西，我到夜晚，準來送你還家。」說著話，雙眸凝視著黎小霞，確乎充露出惜情愛意來。

黎小霞牙恨得癢癢的，竟有抓不著搔不著之苦，仍罵道：「狠心匪，你還是花言巧語，你無非是引逗我多跟你多說話，慢慢地好趁了你的心，匪子，你的狡計我已然明白了，我現在就張口吐出整個舌頭……」她竟要切齒狠咬。張青禾大駭，很快撲上來，用「黃鶯托嗉」，一手托住黎小霞的咽喉，一手忙伸二指，來向黎小霞嘴角探入，以免她含憤嚼舌。但黎小霞也非易與者，似乎不易搶救，大概是黎小霞飽受頓挫，歷時已久，神情激動，一晝夜未進飲食，又加以女子不如男子力大，何況又裸露，又被捆著，竟咬著牙，口發嗚嗚之聲，到底被張青禾按倒。咽喉被扣，氣息不通，自然地喘不成聲，自然地張開了口，張青禾的手指竟插入黎小霞口齒以內，這一來可阻住嚼舌的慘劇，等到黎小霞稍為緩過一口氣，便狠狠一口，咬住了張青禾的手指。而且下死力狠咬，毫不放鬆，張青禾疼得叫了一聲。要往外奪，忽想一奪必斷，他突然地將計就計，身子壓住了黎小霞，竟用自己的頭，來攔黎小霞的鼻子，扣喉的手更不放鬆，同時被咬的那隻手，也不住強奪，反而忍痛往裡深探，口中卻連叫：「姑娘鬆口，姑娘鬆口！」到底，吃虧的還是女子，張青禾是三個手指被咬，既是護痛，又能用力，當他的三個手指被嚙出血之時，也正是黎小霞窒息欲絕之際。終於黎小霞慘哼一聲，支持不住，不自覺得鬆了口，將身軀一滾，把張青禾甩落，張青禾趁此取出一物，跪在榻上，按住黎小霞的肩膀，說道：「姑娘你真狠，你看你把我手指都快咬斷了，我實實沒有害你的意思，你看你滿口是血，我給你擦擦，從此我絕不敢稍有輕薄之意，可是你不要自己殘害自己，你要明白，舌頭一斷，就是殘廢人了！我給你拭去這血！」且說且湊，把一方絹巾，掩向黎小霞口鼻，黎小霞驚懼怒叱，已來不及，這手巾又被攔住了口鼻，一陣香氣過去，黎小霞又已於昏惘狀態了，迷迷惑惑，做了一個怪夢，夢見自己做了新嫁娘……丈夫忽然溫存，正向自己款洽，丈夫忽然狂暴，自己發出呻吟。等到黎小霞甦醒的時候，雄娘子張青禾已經偎在自己身邊，而且同衾共枕，黎小霞剛剛強作掙扎，那香氣又襲入鼻孔，再度失去知覺。

不曉得過了多少時候，黎小霞忽為涼風吹醒，卻已在夜間，已在人的背上，少年匪張青禾背負著她，出離了舊囚所，又改奔另一窩藏地方。那舊囚所，原離黎家沖不遠，是一戶荒山民家，只有祖孫二人，便是陸跛和小毛，他們原是很窮的窯戶，孤寄荒山山根，四鄰無靠，猝然被張青禾劫持，逼做守票人，陸跛不良於行，小毛年歲小，他們倒想喊告，又想逃跑，卻被張青禾持刀威脅住了，若單是張青禾一個人，陸跛也許要奔告鄰村保正，摘落開自己被匪強逼的底細，無奈張青禾又勾結了一個伏地小匪汪老四，由汪老四受他重賄，助紂為虐，陸跛祖孫就眼看著一個良家少女教匪徒囚禁在自己家內，陸跛腳步既不好，眼力又壞，竟一籌莫展地甘受匪人支使，然而陸跛懼禍的神情，已被張青禾看破，他是個年輕膽大、妄為已極的人，他竟不怕陸跛被逼過甚，情急反噬告密。可是他也曉得久留山村，不甚妥當，距離黎家沖過近，誠恐黎老武師跟蹤尋來，因此，張青禾劫囚黎小霞，只在這貧苦窯戶家逗留了一天兩夜，他在窯戶家，玷汙了人家處女的清白，立刻改裝出去，另覓落腳處所。據汪老四說：距此地四五十里，魏新屯地方，有一土豪，招娼窩賭，廣事結納江湖人物，憑張青禾的本領和嵩陽派的名望，前往投托，必可大受優遇。張青禾便問：「這個人叫什麼名字，我若帶了這個姑娘去，他也敢收留嗎？」

汪老四笑說：「這個人叫魏敬友，素常好友喜交，可謂名副其實。憑張爺這份品貌，你去了，他一定歡迎。至於你老若是帶個女相好的去，那他絕不在乎，就怕你老架的這個肉票，到了那裡，狂呼亂喊，瞞不住他。魏小爺他是光棍眼，賽夾剪，恐怕看破你的真相，就不好了。你應該對他實話說，你再小小地打點打點他，也許能成。這就看你老了。」意思是說：「看你開竅不開竅了。」不好意思明說，改口道：「只要應付得當，一準能成。」張青禾點了點頭說：「魏敬友這個人，我也知道他，我有個朋友跟他認識。」立刻奔魏新屯，見了土豪魏敬友。

魏敬友年約四十一二歲，生得凶神一樣，大高個黑臉膛，卻是見人便笑，很顯得親切似的。當日見了張青禾，彼此寒暄。張青禾便舉出他那淫朋的名字來，求魏敬友，並求借寓。

魏敬友久聞嵩陽派劍客的威名，有心結納，立刻答應了假館，並開宴款待，他自然不曉得張青禾已是嵩陽派的叛徒。宴間酒酣耳熱，問了張青禾是否偕有夥伴，張青禾趁機捏了一套話，向魏敬友說：「若說小弟本人，既在江湖上闖蕩，正是隨遇而安，到處為家，什麼地方都能住。偏偏我現在帶了一個累贅物，須要躲避官人耳目，故此必須投托好朋友保護了。」魏敬友問他：「帶著什麼累贅？」張青禾把捏好的話，一字一板說出來，說他自幼和一個姓黎的武林人家的女兒訂婚，不幸小弟身遭家難，投入嵩陽派學劍，志在替父復仇。「茲因女方已然及笄，小弟奉母命前往岳父家，請定婚期，擇吉完娶，以便延續宗嗣，然後小弟就可以捨身復仇了。不幸家岳父人品卑鄙，欺我年輕，嫌我貧乏，不但不許成婚，反而逼勒退婚。是我一怒和他吵鬧起來，我那大舅子也不識大禮，幫著乃父，跟我動手，幸而小弟手底下還有兩招，當時沒被打敗，可也不敢再留，小弟頓足出來，就向家岳父說，我與令愛小姐，自幼訂婚，愛好做親，你既然嫌貧愛富，我可就仗恃本身拳技，一定要把令愛圖娶到手，我們翁婿打了賭，我就設法把未婚妻搶娶過來。」

魏敬友道：「哦，有這等事，這就叫搶親了，你搶到手沒有？可是要在下幫忙嗎？」張青禾興致勃勃地說：「我謝謝你的好意，我已然搶親得手了，現在內人已然和小弟成親……」魏敬友道：「我給老兄賀喜，這是多咱的事？」張青禾道：「就是眼下的事，我已然跟內人成了親，可是我曉得家岳父猶不肯甘休，正在滿處托武林朋友，跟我搗亂，還想把他的令愛奪回，小弟現在就是帶了賤內，滿處躲避，意思是要請老兄幫忙，容我夫妻在尊府暫住兩天。」

魏敬友哈哈大笑：「令岳也太難了，人是生米做熟飯了，他還搶回去做什麼？老弟就是這一點小事為難啊，不要緊，你全交給我，我可以出頭，找令岳老先生，勸他一頓，你只稍為給他一點面子，給他磕幾個頭，他還有什麼法子好想？令正嫂夫人呢？現在這裡嗎？何不請來一見？你們兩口子一定是一夜夫妻百日恩，當然沒什麼的了，你為人又這麼英俊，武功又這麼好，她一定很愛你的了，可是的嗎？」

張青禾故意臉一紅道：「她正年輕，今年剛十七歲，免不了膽小害怕，哭哭啼啼，差點沒把我當了強盜，這兩天好多了。」魏敬友打趣道：「我明白了，你一定是洞房花燭夜，過於強暴了，招得嫂夫人受不了，一定哭鬧的。現在你們已經幾天了？她一定跟你情投意合了？」張青禾故意說道：

「魏老兄不要打趣我，她年紀太小，簡直跟小孩子一樣，動不動就哭，回頭我把她接來，老兄可不要看我的笑話啊。」

魏敬友問：「你什麼時候接她？」回答：「今天夜晚。」魏敬友笑道：「只有娶後婚，才在夜間。」張青禾道：「但是我們這是搶親啊。」魏敬友道：「可不是，我忘了這一層了，但不管怎樣，既有好朋友引見，又憑老弟這樣人物，況又是婚姻大事，並不是為非作歹，我在下一定要幫忙的，老弟你請放心好了。」

這個土豪滿口答應，張青禾大悅，當時告辭，火速轉回窯戶，見了黎小霞姑娘，還在昏迷呻吟。張青禾把黎小霞救醒，勸她喝一點水，挨到子夜，冷不防又給拍上蒙藥，用背包攀帶，把黎小霞背在背後，離開了窯戶陸跛之家，直投魏敬友的莊院借寓。

「光棍眼，賽夾剪」，張青禾那一套「搶親」的話，雖然騙動了魏敬友，可是等到把人背來，魏敬友一見黎小霞的形容氣度，頓時動了疑，黎小霞被張青禾擺弄得昏昏沉沉，魏敬友拿著鬧洞房的口吻，調笑了一陣，黎小霞仍然瞑目不語，魏敬友忙問：「張老弟，弟婦這是怎的了？」張青禾道：「嚇病了。」魏敬友便不多問，給張青禾撥了三間精舍，算作夫妻倆的洞房，另外，撥給一個年輕精幹的女僕，一面服侍，一面察看。這一來，當天夜間，沒有看出形跡，張青禾算是跟著新娘子老早地睡了。等到第二天白晝，張青禾不能永遠用蒙藥麻醉黎小霞，麻醉過久，人將死亡，等到黎小霞稍稍清醒，依然倔強，痛罵著張青禾，而且不許張青禾近身，張青禾再三賠笑哄慰，可是到底不敢給黎小霞解綁，只一解綁，便打起來了，像這情形，十分尷尬。

魏敬友很快地曉得了。魏敬友想：「這不像是搶親，恐怕是綁票，這個女的一定是良家婦女，被張青禾朋友看上了，就架了來，強逼成親。簡直說吧，這是強姦肉票，絕不是掠婚。」魏敬友手底下也有些個狗頭軍師，立刻替主人挑眼，說：「姓張的現在借你老爺樹蔭涼，他又扯謊不說實話，他太不夠朋友，當家的你看怎樣，索性給他一下，再不然，把他驅逐出去吧。」魏敬友低頭一想不以為然，問手下人說：「那個女的漂亮不？」狗頭軍師笑道：「當家的沒看清嗎？我們更沒看清了。」

魏敬友道：「那個女的不知叫小張怎麼整治的跟死人一樣，躺在床上，連眼都睜不開，臉上氣色很難看，可是骨格兒、面龐兒確足夠十成十人材。這樣便罷，咱們先不揭穿，今晚上咱們也學人家，偷聽新房，就可以聽出真相來了。」

當日白天，魏敬友假裝不理會，仍上他這賭局去照應一切，並邀張青禾，前去觀光，張青禾惦記著黎小霞，不肯離開，魏敬友也就不再強邀。混了一個白天，挨到夜晚，張青禾把黎小霞治醒，仍用好言語勸誘，黎小霞只稍為逞強，張青禾便用蒙藥，再把她蒙過去，等到黎小霞醒轉，張青禾照例偎在她身旁，而且並肩共枕了。

黎小霞痛憤異常，自知不能硬拚，忽然做出認命的意思，向張青禾含淚說道：「我已經失身於你，你口頭上說的盡好，可是動不動總拿蒙藥蒙我，我現在身覺得神志失常，我的性命簡直要斷送你手。你只要不再動蒙藥，不再行強，我就將錯就錯，把身命交給你了。」話中還有倔強的模樣，卻已流出屈服的意味。而且漸漸地雙眸流盼，已對張青禾不吝齦笑了。張青禾大喜，心想：自古烈女怕纏郎，我這一味軟磨，到底把這位黎姑娘制服住了。張青禾便哄著黎小霞起了誓，兩人從此矢共白首，黎小霞甘心下嫁；然後張青禾也起了誓，誓以黎小霞為妻，絕不變心。然後兩人講和，張青禾把黎小霞手足的捆繩暗暗解去。

黎小霞這時候已然折磨得半死，外面穿著衣服，裡面上著綁，現在解縛，她的手腕和腳脛被捆腫了。而且兩日夜未進飲食，更覺氣餒，心跳。黎小霞現在決計忍辱求全，暗中別作打算；張青禾色慾迷心，忘了自己的強暴，反而迷醉黎小霞的屈從，以為黎小霞真個沒奈何，「生米做成熟飯」，要甘心認命了。起初，張青禾還稍作防備，後來黎小霞竟含羞帶愧，閉目受辱，不再掙扎，張青禾可就越發動情了。張青禾投到魏敬友這裡的兩三天，黎小霞已然恢復了身體的自由，而且張青禾向她獻食獻飲，她也忍恥接受。

魏敬友一黨在外面偷看，竟誤認為真是新婚夫妻的舉動，新娘子本來是半推半就的。張青禾一臉執意，黎小霞滿面嬌羞，閃閃躲躲，真像洞房調情。魏敬友的黨羽從事聽了一夜，並沒聽出什麼可異行動來，倒聽出張青禾和黎小霞商商量量，要遠走高飛，到他鄉安家落業，這口氣和張青禾所編造的「掠婚」故事恰好吻合了。黨羽們把偷聽的話告訴了魏敬友，魏敬友半信半疑，想了想，定規了一個日期，特設小宴，請張青禾和新娘子小酌，就算宴請新婚夫婦。魏敬友對張青禾說了，張青禾又對黎小霞說，黎小霞拒絕肯出，她本是自料陷入人家手心，勢力不敵，既已打定主見，姑且忍恥，以求密計之成功。

現在再叫她和張青禾的朋友見面，坐實了賊徒新娘子的身分，她無論如何，也不肯允許。

她也看出張青禾對自己猶存顧忌。明知峻拒，將使張青禾更生戒心，她就滴著眼淚，向張青禾央告：「我本是好人家兒女，不幸遇著你這前世冤孽，我既然決計嫁你，便盼你從此洗手，你為什麼跟他們這些人拉攏？你要是真愛我，不但明天的宴會不必參加，我還盼望今明天，我和你趕快離開這裡，遠走高飛，從此你和我全都更姓改名，擺脫親故，另做新人。你若依了我，我們就算是夫婦，不然的話，我還有一個死呢。」半軟半硬地說了這些話，神情淒豔，張青禾不覺動心，不忍強迫，黎小霞便又向張青禾要求，趕快離開此地，越快越好，張青禾見黎小霞既然順從了他，心中十分慶幸，對黎小霞的懇求，不忍峻拒，立刻答應了，兩三日內，即行遷走，黎小霞便做出高興的模樣來，用好言語敷衍著。

但是到了第二天，魏敬友和他的小妾，已經特設小宴，堅邀張、黎二人入座，黎小霞依然拒絕出席，卻擱不過魏敬友的小妾，強來勸駕，力說在內宅設宴，並無外人，張青禾也在旁慫恿，魏敬友也過來親勸，到底把黎小霞架出來了。主人是魏敬友夫妾二人，客席自然是張青禾和黎小霞。黎小霞強忍羞憤，勉強入座，魏敬友和小妾都向張、黎二人賀喜，調笑，頗有鬧洞房的意味。張青禾自然洋洋得意，黎小霞強忍怒火，到後來終於藉故離席，逃到別館。可是黎小霞一走，張青禾也坐不住了，立刻追到別館，黎小霞默默地臥在床上，眼含著淚，張青禾上前溫存，黎小霞很怨恨地瞪他一眼，躲到一邊了，張青禾到底看定黎小霞。在魏敬友處，寄住了五六天，最後張青禾方才告辭，帶著黎小霞，決計東行。

這天清早，雇了一輛車，離開了魏宅，打算先奔萍鄉，再投羅霄山。張青禾自知強劫黎小霞，黎小霞雖已屈從，他多少仍不放心；不料一從上路，黎小霞似乎十分趁願，臉上一點不帶怨恨的神氣，指東說西，打聽沿路風景，似乎久居深閨，一旦上路，眼界忽寬，非常的心悅。張青禾大放懷抱，向黎小霞百計獻媚，說道：「將來我們覓定隱居之所，從此你我夫婦誓做新人，你既喜歡野遊，我天天陪伴你遊山逛水，再不做綠林生涯了。你正是我的恩人，我若得到正道，全是霞妹妹你的感力了。」黎小霞臉紅紅的，只衝他強顏一笑，末後又點了點頭，悄悄說：「不要亂說了，咱們是心裡有數好了。」兩個人真像夫婦一樣，女的坐在車內，男的跨在車轅，往前趕路。

這一天到了萍鄉附近，投入一家荒村野店。飯後就寢，黎小霞忽然抱頭說：「我很頭暈。」又說：「我要吐！」張青禾試摸她的頭，倒不甚熱，只是青筋暴露，呼吸似乎濁重。這夜晚黎小霞很是折騰，張青禾小心服侍，直鬧了一通夜。

次日清晨，張青禾還想趕路，黎小霞滯床不起，輕聲低呻，說是實在是支持不來了。張青禾還想催促，黎小霞睜著幽怨的眼道：「你把我折磨得半死，你還逼我上路嗎？你也不想想，我都叫你毀死了，你真要斷送我一條性命嗎？」話是這樣哀淒，張青禾再不忍催。兩個人就在這萍鄉郊外小店內，停留下來。黎小霞的病似乎見重，要求張青禾給她尋醫求藥，又要求張青禾就近另覓民家，以便借寓養病。黎小霞說：「這小店太髒，我忍受不住了。」但在這荒山野店，向何處去尋醫求藥？

張青禾不肯拋下黎小霞，獨出訪醫，他仍恐黎小霞偷跑，黎小霞便恨恨地責備他沒良心：「我如今已跟你這個樣子了，也彼此發過誓了，你怎麼還不放心我？」張青禾笑道：「因為我愛你過甚，你是我這性命，我怕丟了你，就要了我的命！」黎小霞唾了一口道：「你還作踐人！你打算活活看我病死！好吧，我知道你的心太歹毒，我就死在這裡吧！」

張青禾不肯給她訪醫，她就躺在床上呻吟，連飯食也不吃了，她似乎要絕食自盡，張青禾又慌了，再三再四地央求，先勸小霞往前趕一站，到了大鎮甸，便可就診，黎小霞仍以病重不能動轉為辭，不肯上車，張青禾無可奈何，這才於次日早晨，帶領店夥，到附近鎮甸求醫。他一來一去，很快地轉回來了，邀了一個年老郎中，給黎小霞診脈，說是感冒勾動了他病，怕有轉傷寒的危險。開了藥方，受了馬錢，便告辭去了。

張青禾立命店夥去照方抓藥，自己買了一些鮮果，陪著黎小霞，極力安慰她。黎小霞原來主意，似要把張青禾支出半天，無奈張青禾潛存提防之心，去得快，回來得更快，黎小霞便閉目假裝病重，一來可以拒絕張青禾，不叫他再來膩煩，二來故意折騰張青禾，教他不得休息，自己倒在床上，呻吟喘息，做出懨懨欲絕的樣子，張青禾心上十分矜憐，不知怎樣才好，白天他既訪醫求藥，夜晚又親侍湯藥。這樣只做了三四天，病人倒不怎麼樣，侍候病人的張青禾可就徹夜不得安眠，有點犯瞌睡，精神很覺不振了。張青禾坐在病榻旁，不住打呵欠打盹。

黎小霞偷眼一看，暗暗歡喜，到得第四天頭上，黎小霞從表面看，病感加重，而且晝發囈語，夢中啼哭不休，張青禾見狀越發心憐。挨到黃昏，黎小霞突然咳了一口血，血噴在床上，張青禾吃驚道：「哎呀，霞妹，霞妹，你怎麼吐紅了？」竟忍不住落下淚來，拉著黎小霞的手，心上似乎非常自疚自悔。

黎小霞強睜雙眸道：「我是薄命，想不到遇上你這個冤孽，我的貞操已被你毀害。我的性命恐怕就要葬送在你手，我已然將錯就錯，情願嫁你了，你還是不放心我，總這麼盯著我，怕我逃跑似的，我饒認了命，你還是不肯信任我，我簡直是哪輩子欠了你的血債，央求你請好郎中，你總不肯離店，張青禾，我死在你手裡就是了，你不覺得缺德嗎？」

張青禾低頭無語，半晌說：「我實在是壞人，我現在要贖罪，我這就給你延醫去。」黎小霞道：「你就是延醫，你也不該在這附近村鎮，找那無能的草頭郎中啊。」張青禾站起身來說：「我一定去上大城市，尋訪名醫，你好好養著！」很慌促地穿上長衣服，走出房間，向店家打聽了一回，挨到天剛破曉，張青禾特意雇了驢，帶一店夥，到數十里外，訪求名醫去了。黎小霞候到張青禾已去，假裝扶病小便，慢慢下了床，到店院中看了一回，又到櫃房打聽了半晌，回轉房間，把門掩上，悄悄地在地上來回走溜，又將張青禾所留的包袱偷偷打開，內中只有數十兩紋銀，和一些珍寶值錢之物，還有一把刀，黎小霞要把他的害人物，那薰香蒙藥搜出，不料，張青禾沒有留下。

黎小霞便坐在床上，把腿腳紮裹了一回，望著門窗，嘆恨了數聲，低頭默想今後的辦法，一件事是要逃出魔手，一件事是要雪恥報仇，她心上最難過的是，自己被擄失身，已隔時半月以上了，如今甘願從賊，詐死圖逃，卻是逃到何處去呢？如要逃回家鄉，她的父兄是不是深以自己失身為恥？是不是四鄰鄉親都要看不起自己？

黎小霞明明記得，數年前鄰郡有一富室少婦，被賊掠去，本來是綁票勒贖，她的娘家婆家都引為深恥，諱不肯救，也不肯贖，對外面人不說少婦失蹤，反說少婦已死，到後來少婦不知用何法，感動了盜首，盜首竟乘夜把她送回家來，結果婆家嫌她失蹤隔日已久，斷定她早成失貞之婦，硬把她休回娘家了。她娘家的人，老父老母雖然哀憐女兒的不幸，她的哥哥嫂子，兄弟弟媳，都以為這位失身票匪的姑奶奶太沒有廉恥了，怎麼會跟盜黨混了好幾個月，而且並感動盜匪，把她送回？那一定是她犧牲失身，獻媚盜婿，故此才能換得虎口逃生。她的嫂嫂弟媳們竟全都冷眼冷語挖苦她，家中的別人也似乎把她看成不祥之物，有的不願搭理她，有的故意謾罵賊婆娘，有的故意向她打聽陷入盜群的情形。結果，在這位富室少婦逃出匪窟，見棄夫家，避居娘家的半年後，受不住冷待和毒諷，竟很悲憤地自戕了。

黎小霞一想到這位富室少婦，立刻推想到自己的遭遇，自己跟這少婦正是一樣，並且少婦還是已嫁之婦，自己乃是守貞未字的處女，比少婦更屬不幸。因而推想今明晚就要設計刺殺張青禾，逃出店房，奔回家鄉。到了那時，自己的父母將怎樣看待自己？自己的哥嫂是否悲憐自己的惡運？抑或卑視自己的無恥？骨肉雖親，縱不致幸災樂禍，也終不免憎惡不祥人的遭際吧！

黎小霞設想來日，不禁珠淚橫頤，痛不欲生，忽然她想出一策，自己一定要報仇，要雪恥，並且一定要轉回家門。見了父母兄嫂之後，自己便對他們表示，這一番本已無顏回家，所以要回家的緣故，就是向家人報告，自己並沒有甘心從賊。現在自己已然逃出來了，可是自覺有玷門楣，無面目再見親族，如今只求與父母生晤一面，決計以後要削髮出家為尼。是的，這樣表示之後，家中人如有菲薄之意，我便不削髮，我便橫刀自殺！黎小霞想到痛切處，如醉如痴，又想到張青禾這個少年賊，能把自己鬆捆，他又對自己屢示懺悔之意，看他年輕輕的，竟甘心做了採花賊。他說他是受了淫朋的引誘，如果自己肯於下嫁他，他將洗手改節，他說的話儘管好，可是他把自己強擄來，又用蒙藥敗壞了自己的童貞，難道自己真就將錯就錯，甘心自汙，做一個少年採花賊的妻室嗎？「不能，不能，他害了我，無論如何，也要拿他的血，洗刷我的恥辱！」黎小霞想著臉一紅，又復懍懍然志切復仇了。

當下默想了一陣，估計時候，又悄悄出去，買了一些食物，非為飢餓，只是預備出走，恐怕空腹氣餒，趁人不見，吃了一些，又喝了一些水，便躺在床上，再裝病重。原來她的吐血，只是咬破舌尖，藉以嚇唬張青禾，催他出去求醫罷了。

挨過中午，張青禾方才急匆匆地回來，從四五十里外大鎮甸內，邀來了一位比較有名的郎中。這郎中本不肯出診，被張青禾出重金，又威嚇著，強給逼上車，請到這小店裡來。這郎中已然五十多歲，架子很大，本領平常，見張青禾發怒，勉強來了。剛進店房，就問病人在哪裡，忙請來診脈。張青禾滿頭大汗，把郎中陪到床前，說道：「娘子，醫生請來了，你醒一醒。」黎小霞佯裝睡醒，微發呻吟，轉過身子來，任憑郎中診脈。郎中閉眼診了左右手，點了點頭，對張青禾說：「病不要緊，只是氣鬱傷肝，三焦火盛些。」問到吐血之症，郎中說：「婦人們吐紅症，是不要緊的。」遂到桌旁，取出紙筆開了藥方，說道：「吃了我這藥，如果見輕，就照原方服下去。如果不見輕，你閣下再請高明。」張青禾忙道：「如果不見輕，我還要請先生費心出診的。」郎中心中不願，含糊答應著，拱拱手，告辭登車回去了。張青禾安慰了黎小霞幾句話，忙又打發店夥，快去抓藥。

黎小霞催他自己去，他只是不肯離開，黎小霞故意嘆了一口氣道：「你是死也不放心我，我很明白！」張青禾委婉說：「我實在不放心你的病。」黎小霞道：「什麼不放心我的病，你是不放心我的人罷了，你還是怕我跑了！我都眼看死了，你還是藏著壞心眼，你真真是我的冤孽！」說得張青禾嘻嘻直笑，偷偷附耳說：「誰叫我喜愛你呢！」張青禾就坐在床邊上，極力溫存，黎小霞忍而又忍，又想出一法來，向他說：「我這工夫口乾舌燥，想吃一點涼東西。」張青禾忙說：「你想吃什麼？我叫店夥去買。」黎小霞道：「他們開小店的人，會買什麼？還是你出去一次，擇那新鮮的果子，給我買一點來。」張青禾趕快地答應了，出去尋買。可是小鎮甸並沒有好果子，黎小霞吃了幾口，說不好吃，叫張青禾給她尋購蜜餞的棗梨。張青禾趕快去買蜜餞果餌。如此折騰了好幾遍，黎小霞故意做出撒嬌撒痴的勁兒來，要使張青禾出入不息，感覺疲倦。

這樣又磨煩到黃昏時分，店夥才買藥回來，黎小霞故意兒又叫張青禾新給她煎藥。藥煎好，剛服下去，黎小霞暗暗伸手探喉，頓時大吐。呻吟不已，苦著臉說：「不好，不好，不好。我心上更難過了，我覺得肚內發空，兩眼發黑……」在床上起來倒下好幾次，帶出藥不對症，病更危殆的樣子，把個張青禾鬧得束手無策。直到二更後，黎小霞方才不折騰，似乎昏睡過去了。張青禾果然疲倦不堪，頭剛挨枕頭，發出沉睡的鼾聲來。張青禾剛睡熟，黎小霞便發出呻聲，試著叫張青禾的名字，說口渴思飲。連叫數聲，張青禾鼾聲如故，又試著推了兩下，依然不醒，黎小霞輕輕坐起，剔燈注視張青禾的睡態，半晌，悄悄披衣下地，結束停當。第一手，先把張青禾那把匕首刀，盜取在手。這把匕首雖壓在張青禾的枕下，刀柄卻有繫繩，仍綰在他的腕上。黎小霞輕輕地抽出，慢慢地摘下；嚇了一頭汗，方才得手，黎小霞利刃在握，心神一寬，不禁低哼一聲。

此刻決計逃走，但不甘心一走了事，她還要復仇。她急忙屏息寧神，把房間打量了一週，門房已栓，外面寂無人聲。她惡狠狠盯了張青禾一眼，心頭小鹿不由亂跳。忙又把手當胸一按，鎮住心聲，提刀先走到後窗前，悄悄劃開窗縫。不料，這後窗是釘死的，撬了一陣，未能劃開，反倒發出響聲來。她只得轉身潛開屋門，躡足溜出門外，探了探路，趕緊退回來。第二手，就來盜取張青禾的兜囊。這兜囊內有張青禾得自淫朋的薰香迷藥，張青禾雖與黎小霞同宿，仍存警戒，這兜囊臨上床時，固然解下來，一等到要睡熟，便又改系在腰間，他似乎早就提防著這個同床異夢的人，會有竊藥盜刀的舉動。黎小霞此時心頭突突地跳，左手提捉著匕首刀，右手便來輕輕掀被。輕輕摸索到張青禾的腰際，要設法把皮囊摘取在手，如此，就算拔去猛獸的爪子了。她卻戒備過度，自知慘遭挫辱，體力消耗不支，又加數日偽病忍飢，深恐氣力上敵不住張青禾，倘或把他驚醒。自己勢必吃虧，故此黎小霞不敢放下刀子，用雙手解囊。心想隻手探囊，固然費事，倘被警覺，左手刀還可以刺仇自衛。她倉促之間，竟忘了先行刺，後盜囊的透徹行動了。她雖會武，從未傷過人，也未做過夜行人的伎倆，於是她做錯了這一步。

當她剛剛地探著兜囊，摸索著要摘解，張青禾突然驚醒了。而且最糟的是黎小霞做這事，本該吹熄燈。她因為缺乏夜行動功夫，不能摸黑動手，這樣她固然看得明白，張青禾一驚醒，當然也看得明白了，張青禾驟然張目，雖未看清一切，卻立刻從直覺上，感覺到黎小霞居心叵測，已有異圖。他立刻喊了一聲，右臂往外一揮，同時身軀一滾，同時飛起了一隻腿。

就在同時，黎小霞驚惶失措，慌不迭地縮右手，將左手一舉一落，匕首刀照張青禾捌下去。哎呀一聲，刀鋒入肉。同時黎小霞也失聲一叫，往後倒退下來，她已被張青禾踢中一腳，正蹬在肩頭上，張青禾血淋淋地跳起來，如受傷的獸，大叫：「好丫頭，你暗算我，你跟我全是假的呀！」整個身子猛撲過來。

黎小霞若不失措，只憑這柄匕首，便可把負傷乍醒的張青禾給結果了。她卻害怕張青禾那個萬惡的迷藥袋，見行刺一擊未誅，頓時氣餒。她身上本來氣力未復，百忙中，抽身急退，趁勢撲滅了殘燈，立即奪門逃出去。張青禾的胳臂被刺傷三寸多長口子，血流如注，倉促忘了痛，如飛地追出去。也忘了自己的衣服不整，也忘了兵刃不湊手。但等到黎小霞逃出店院，跳牆跑到街上，張青禾跟蹤追上來，被夜風一吹，身上激靈靈打了一個寒戰。臂上的血濺到身上，冰涼濕黏，更奮力一跑，傷口痛起來，漸難忍受；他就霍地轉身，又奔回店房，撕衣襟匆匆敷藥裹創，摸了一條木棍，披了衣裳，重複急追出來，這樣往返一折騰，黎小霞早已逃遠。卻是黎小霞太沒有江湖經驗，白天問明道路，此刻竟投直道奔去，一點也不曉得曲折繞避。在月光下，一路直奔。只跑出三四里地，便被張青禾緊尋犬吠，遙望人影，很快地追上了。

夜闌人靜，古道荒郊，月影下一望茫茫，張青禾約略逃蹤，試著大聲吆喝起來。黎小霞本可以藏匿，她跑得太慌，喘息不堪，回頭望見追來的人影，又聽見喊聲，她窘迫得幾乎要自殺。渾身力氣已然不支，強眸四望，近處有一片濃影，被輕霧籠罩，黎小霞以為這必是小村莊，趕緊提一口氣，雙腳用力投奔過去。張青禾大呼小叫，立刻追了過去。到最後，此奔彼逐，他們倆相距還有半裡多地。張青禾揮木棍趕到村邊，陡聞村內犬吠聲四起，立刻說：「好了，我看你這丫頭往哪裡跑！」

可是他多少曉得江湖禁忌，心想這一入村搜尋恐不免驚動了居民，自己必須打點好應付的話頭；略一遲疑，繞村走了半圈，然後飛身闖入村口，一面提防暗算，一面提防居民的干涉。

第七章　蝶戀花愁俠女夜奔

這工夫，黎小霞宛如窮鳥投林，當真撲入這不知名的小村。這一陣犬吠，竟驚動了村中一個武林中人物。黎小霞提著那口匕首刀，喘不成聲，鑽入村巷，東藏西躲，被巷犬圍住了，衝她亂吠。她幾乎要放聲痛哭，恨罵這欺人的惡犬。東藏不妥，西躲不留，她十分無奈，鑽進了一家村舍。野犬竟對著這村舍，亂叫成一片，頓時引起了那個武林人士的駭異，披衣提刀，突然出來尋看。同時也引起了窮追不捨的張青禾的注意，緊尋犬吠，撲到這村舍。少年賊張青禾掄木棒，直入小村，尋到黎小霞藏伏的所在，低喝道：「黎小姐，你出來！你安心騙我，你還暗算我！是我先對不過你，你只乖乖地出來，我便饒恕了你。你要不知好歹，我可要下毒手了。」

黎小霞藏在人家院內黑影中，已然喘成一片。任聽張青禾叫罵，無力回答，手提著匕首凝視外面。突然間，又聽張青禾喝道：「小霞，小霞！我看見你了！」飛身一縱，上了牆頭。黎小霞再也忍不住，切齒罵道：「你這萬惡的淫賊，我是好人家兒女，我豈肯從你這下五門的賊子？姑娘不幸，今天死在你手，也不能從你！」從黑影裡跳出來，就要跟張青禾拚命，卻又怯著他的那惡毒暗器。張青禾在牆頭哈哈一笑道：「丫頭，我跟你是前世的冤家，像你這樣的女子，死在我手裡，足有三四個，我越不想殺你，你越想找死；你就找死，我仍不殺你。丫頭你過來，你看看你扎的我，我不計較你，你好好地跟我走吧，我是一死兒愛上你了，你逃不出我的手心。」說時，一跳落地，掄棒照黎小霞打來。

黎小霞奮力抗鬥，氣虛不敵，又怕張青禾再發迷魂袋。強支幾個回合，奪路又逃，口中發出喊聲：「救人哪！救人哪！惡賊殺人了，搶奪婦女了！」且喊且跑，奔到後牆，努力竄上去，往下一跳，腳一軟，頓然栽倒，一滾身爬起來又跑。張青禾窮追不捨，他剛剛跳上後牆，見狀大喜，叫道：「小霞，你喊救也不成！來吧！」做出攫拿的樣式，飛身下跳，來捉黎小霞。

這時候，那個武林人士看得清清楚楚，聽得明明白白。

「這分明是一個女子被一個男子追逐。哦，這叫的多半是逃跑的女肉票，追的是架綁婦女的惡淫賊！」卻又轉想：「也許還有別情，我要小心了。」陡然抽出刀來，一聲不響，從斜刺裡撲到。這時候，黎小霞踉踉蹌蹌，跑出十數步，似已力盡氣竭，不能支持，可是她終不甘心束手受擒，喘不成聲，轉身罵道：「惡淫賊，你喪盡天良，姑娘今天就死在你手，也不能再受你的汙辱了！」止步挺刀，預備拚命，如果實不能勝，便要自殺。

可是她猶存一線生望，現已逃在小村中，她希望喊出居民來救助自己。不知怎的，竟喊不出人來，忍不住一面盯視張青禾，一面偷眼四顧。張青禾彷彿「棋勝不顧家」，如飛地搶上來，掄木棒要打飛黎小霞的短刀，再把人活捉回去。

他剛剛往前一撲，陡然聽聲身後一陣冷風撲到，一個人厲聲喊道：「呔，站住，不許動！」張青禾應聲忙往旁一閃，黑乎乎一件東西，擦身落到地上。立刻有一個短裝男子，提刀趕到，趁著男女兩人錯愕尋視之際，這個人橫身跳到黎小霞和張青禾的中間，喝問二人：「究竟怎麼一回事？為何半夜裡追殺凶毆？」

黎小霞忙叫道：「這位壯士救命！這東西是土匪，他搶男霸女，他把我擄去，我剛逃出來，他要追擒我，汙辱我，他是綁票匪，他是採花賊，萬惡的強盜。」張青禾忙道：「胡說，你這位朋友少管閒事，她是我的女人，她背夫逃走，我是追趕她，你不要多管。」兩個人各說各詞，可是黎小霞趁著有人來救，越發振吭狂呼，意欲驚動全村。張青禾到底做賊心虛，不敢任聽她亂喊，竟厲聲道：「丫頭，不許你亂喊，趁早給我住口……」一抽身，跳出來，掄棒便打。黎小霞急忙招架。

那個武林壯士立刻橫身過來阻止，厲聲說：「不許動，全給我住手！」且說且掄刀逼住張青禾，喝問：「你叫什麼名字？」

又問黎小霞：「你到底是他的什麼人？」張青禾叫道：「你管不著！」黎小霞忙道：「我不是他的什麼人，他是賊，我是受害的好人家姑娘。」武林壯士說：「你怎麼會武？」黎小霞倉促不及深思，脫口說：「我是黎家沖黎鏢頭的女兒，我自然會武，我是受了這賊的暗算。我家離這裡不遠，他是外路賊，你不要聽他胡說。」

那武林壯士恍然省悟，立刻向張青禾喝道：「你分明是外鄉口音，你的話多半全是謊言，你趁早丟下那棒子……」張青禾厲聲道：「放狗屁！」不等壯士說完，掄木棒照壯士就打。壯士哈哈大笑，罵道：「你一定是個賊了！」立刻揮刀還攻，跟張青禾打起來。黎小霞大喜，喘息稍緩，忙向那壯士叫道：「這位壯士，我謝謝你，請你活擒住他，他是使薰香的採花賊，千萬不要放走他。」略為一定神，挺匕首刀，上前助戰。張青禾使的是倉促尋來的木棒，武器既不趁手，又在負傷窮追之後，跟這武林壯士鬥了幾合，不能制勝。偷看這武林壯士，穿一身尋常短裝，臉上用一塊青布遮著，不能認出本來面目，只聽口音，卻是個年輕人，手中刀霍霍舞動，頗為精熟，若在平時，張青禾還能打得過，現在卻不成了。等到黎小霞揮短刀上前助戰，張青禾越發不支，三個人團團纏戰，雄娘子漸感應付不暇。

突然間，武林壯士一刀搠來，雄娘子張青禾揮棒一閃，黎小霞的匕首刀冒險從背後襲來。張青禾大呼一聲，轉身招架，那幕面壯士又掄鋼刀，「獨剪華山」，狠狠劈到，張青禾急閃不迭，橫棒急架，喀嚓一聲，手中木棒被壯士的折鐵刀削斷一截。張青禾大驚旁竄，黎小霞又探身追到，匕首刀奔後心刺來，張青禾挺半截短棒，狠狠一蕩，噹的一響，黎小霞的匕首刀脫手橫飛。她不禁大駭後退，張青禾急急追上去，掄棒再打，幕面壯士大叫：「好賊，看刀！」張青禾覺得背後生風，不敢追擊黎小霞，慌忙轉身自救。黎小霞趁此時機，脫過險境，趕忙去搶那落地的匕首。張青禾閃開了壯士的急襲，偷眼瞥見黎小霞俯身取刀，便也飛身一躍，掄棒一晃，嚇得黎小霞往旁一退，張青禾便將地上的匕首用腳踏住。幕面壯士道：「好賊，還不受縛！」將手中刀一展，照張青禾急攻過去，張青禾不敢再用木棒招架，竟被沖退，幕面壯士欺身硬進，刀照張青禾肩胛削去，張青禾不覺又一退，幕面壯士早已迫到那墜刀之處，一面刀不停揮，照敵猛砍，一面用腳尖一踢，把那地上的匕首踢到黎小霞面前。黎小霞立刻搶起了匕首，重來攻鬥。

張青禾心知不敵，幕面壯士刀法太緊。張青禾且戰且退，急欲抽身佯退，以便發放暗器。黎小霞忙喊道：「這位壯士留神，這惡賊又要發放他的歹毒暗器！」壯士笑道：「不要緊，惡賊，你不過會使迷魂袋一類的東西，別人害怕，我卻不怕。」

刀光一展，先搶上風，把張青禾圈住，不使他得手。不料張青禾的暗器囊，倉促穿衣時，套在裡面，掏取很不方便。那武林壯士已經提防到這一節，冷笑著罵道：「你真是採花賊，你這招施不出去。」越發展開了迅疾的刀法，要把張青禾砍倒，張青禾兩次佯裝敗，欲抽身發放暗器，全被這武林壯士緊緊釘住，不容他緩手。黎小霞也強自支持，運用匕首短刀，夾攻張青禾。照這樣，三個人又鬥了二十幾個照面，武林壯士唰的一刀，對準張青禾刺去。張青禾慌忙招架，被這壯士翻手又一刀，猛劈下去。張青禾提桿往外一蕩，噹的一聲響，木棒突被磕飛。張青禾驚惶急竄。黎小霞趕上來，狠狠一匕首，照張青禾軟筋點去。張青禾拚命又一跳，喝道：「看暗器！」倏將手一揚，黎小霞驚弓之鳥，大驚後退，張青禾怒罵一聲，撥頭疾跑，原來是虛招。

那武林壯士恰好堵截過來，刀尖一指，喝道：「還不受縛！」張青禾慌忙一閃，往旁飛竄，又將手一揚，道：「打！」

仍然是虛招，借這一晃，如飛地落荒逃走。武林壯士哈哈一笑，曉得他黔驢技窮，立刻探囊，掣出一支鏢來，抖手打去。

張青禾且走且探囊，百忙中仍要用他的暗器，猛聽見銳風破空之聲，趕緊一躲，武壯士連發三鏢。張青禾哼了一聲，大胯上被打中一下，竟負傷進入林中去了。

那武林壯士奮步追趕，回頭一望，忽聞黎小霞低吟了一聲，竟不能自支，坐在地上，救人重於追賊。武林壯士不由止步，問道：「你這位姑娘，到底你貴姓？家住哪裡？怎樣被這賊擄走的？怎樣逃出來的？現在你打算怎樣？可能走得動嗎？可要我伴你回家嗎？」連發數問，黎小霞哽咽難言，半晌才說：「你這位恩人，你不要問我了，我不幸誤落惡賊之手，雖然蒙你仗義拔刀，救活了我的性命，可是我名節已汙，無顏回家再見骨肉，我我我……」忍不住痛哭起來。

這時候，天將破曉，武林壯士繞林搜巡一番，轉回來，立在黎小姐身邊，再三慰問，黎小霞只是悲咽傷心，一面拜謝他救命之恩，一面請他勿再追問自己之事，也不用管自己以後的辦法，試著要掙扎起來。這武林壯士「救人救徹」，自然不肯袖手，黎明影中，偷覷黎小霞的形容，已知她不是個尋常的女子，因勸道：「姑娘不必難過，這地方離著人家很近，少時便有農人出來，你在這裡啼哭，太不合適。姑娘，在這邊不遠，有我的一家拜盟弟兄，請你先到他家歇息歇息，然後我再設法送你回家，你不要再說那短見的話，人都難免有不幸，千萬不要拙想。」武林壯士再三勸駕，黎小霞抬頭微睨這壯士的面目，依然是用青布幕臉，看不出廬山真面目，只聽語音，知是外路人，年紀也只二三十歲，雖是技擊純精，言語溫雅，舉動矜慎，倒很像是文墨人。他立在小霞身旁，勸她起來，小霞不起，他乾著急，未肯動手強攙，足見他是個知禮的人，小霞無可奈何，拭去淚痕，勉強立起，一步一顛，跟著這武林壯士，重入這座小村。

村中住戶已然有些人，聽見夜間人聲喧鬧，和女子呼救的動靜了。農產人家多半膽小，在犬吠聲中，雖聽見女子悲呼，多半認為鬧鬼，誰也不敢出來尋聲查看。武林壯士趁著曙色未明，把黎小霞邀到村中一家住戶門前，請黎小霞在門前稍立，他跳牆頭進去，開了街門，把黎姑娘讓到院中，照舊閂上了門，然後把黎小霞邀到南側座，這南側座便是客館，便是武林壯士暫時借寓之所。黎小霞力竭聲嘶，滿腔悲慚，跟著不相識的人來到南房頹然欲倒。武林壯士請她落座，又摸著火種，點亮了油燈，然後說：「姑娘請在這屋稍微歇歇，我去把宅主人、宅主婦請了起來，姑娘總是遇難的人，請不要難過，你只好好坐著，我這就來。」說著，退出南屋，去到正房叩門。

黎小霞忍愧枯坐，耳聽那壯士剝啄聲裡，連連喊叫五哥、五嫂，叫了一會兒，似聽應聲，旋聞開門邀人。此問彼答，隔了好一會兒，有一男一女跟了壯士過來。男子年約四十多歲，女子三十多歲，衣服樸素，像是小康人家的夫婦，只那男子氣度豪邁，很像是武林人物。這一對夫婦進了屋來，黎小霞連忙站起，男主人拱手道：「你這位姑娘請坐，請坐。」那主婦便拽黎小霞歸座，黎小霞看看主人夫婦，又打量了武林壯士一眼。

那武林壯士年約二十七八歲，面貌微黑，雙眸精光閃灼，顧盼動人，此時坐在男主人那邊，手指黎小霞說道：「這位姑娘一定是附近的良家閨女，五嫂、五哥，請仔細問一問，我們想法子把她送回家去。」

男主人把黎小霞端詳了好半晌，轉問少年壯士：「你在哪裡救的？那個賊跑到哪裡去了？」少年壯士說了一遍，男主人默默聽著，遂向主婦說道：「你問一問。」主婦便緊挨著黎小姐，細問她被擄出逃的情形，又問她姓名住處，黎小霞含淚忍恥，略陳被害的情由，只肯說自己姓黎，家住在湘東黎家沖，不肯承認自己是黎鏢師的女兒。那男主人聽了，向武林壯士施一眼色道：「湖南黎家沖，不是有一位著名武師，並且是你要打聽的嗎？他叫什麼名字？跟這位姑娘可是本家不是？」武林壯士道：「我要打聽的那一位，乃是兩湖著名鏢頭，他名字叫黎道朗。喂，你這位黎姑娘，你可曉得這位黎鏢頭嗎？他跟你可是本家嗎？」黎小霞不禁滿面通紅，半晌才說：「我知道這位武師，我們是本家。」少年壯士大喜道：「黎姑娘既是黎鏢頭的本家，那好極了，我可以親身把你送了回去。我這次赴湘，本是專誠拜訪黎武師的，不料兩次投謁，全未見面。如今好了，我藉著這機會，總不致再遭黎武師的謝絕了。」

黎小霞一聽這話，心中微動。記得月前曾有人拿著薦書，來拜訪她父，意有所求，被她父設辭謝絕了，連面也沒見。現在偏偏自己就被這個人救了，到底這個人叫什麼名字，是什麼來意呢？黎小霞低頭想著，抬頭看了壯士一眼，一時失神，脫口說道：「你這位壯士貴姓？你找家父，有何貴幹？」那武林壯士聽後站起來道：「哦，你就是黎道朗黎武師的令愛？」小霞俯首無言，只將頭微微一點。那武林壯士拱手道：「我不知姑娘是黎小姐，真是失禮之至。我在下姓秦，名叫秦昭良，乃是河南洛陽人氏。我有一家親友，為了一件瑣事，得罪了一位地方土豪，只有黎道朗黎武師的情面，才能化解糾葛，我在下迫不得已，遠道前來到求助，不料兩度登門，未能瞻仰。今日幸得在小姐面前，效得微勞，尚望小姐，屆時面請尊翁，代為解說，我在下不勝感激之至。」

這個秦昭良自認為很僥倖，滔滔講了這些話，抬頭一看，黎小霞面色慘變，似乎十分難過。秦昭良忙問：「黎小姐，你怎麼了？可是勞累了？若是小姐乏累，要歇一歇，我們可以出去。這間屋倒也清靜，就請小姐隨便躺下歇歇，趕到過午，再送你回家，好嗎？」黎小霞不語，仍然點了點頭。少年壯士秦昭良這才邀著宅主人夫婦，退出南房。

那宅主人很不放心似的，看看黎小霞，暗囑主婦稍稍落後，主婦會意，向黎小霞殷勤敘話，又代為展被，請她安歇，看見黎小霞實在支持不住，要躺倒歇息，主婦這才道了安置，掩門退出。宅主人姓張名育林，和武林壯士秦昭良乃是朋友，彼此低聲議論，決計等到天明，由秦昭良雇轎，親送黎小姐回家，當下也就分別安息了。次日天亮，秦昭良和宅主育林商量雇轎，宅主婦到南房去看黎小霞，南房門扇緊掩，輕推不開，低叫不應，宅主婦心想，黎小霞也許奔逃力盡，滯榻未起，不忍再叫。退了回去，快到辰牌，復又叩門，一連數次，寂無應聲，宅主人張育林和武林壯士秦昭良全驚動了，忙一面撥門，一面驗看後窗，後窗已然洞開。秦昭良說道：「不好！」跳進窗去，一看床頭蚊帳低垂，人果不在，慌忙開了屋門，把宅主人夫婦放入，三個人驚奇不已；又到院內外搜尋，黎小霞早已沒影了。三個人亂猜黎小霞失蹤的緣故，也許她負愧潛出，獨自回家了；也許她含憤自戕，不知跑到哪裡上吊投水了；也許那個少年賊尋了她來，又把她擄走了。三人揣測一陣，總覺第一第二兩個緣故近情，便由宅主和秦昭良，先到附近隱僻地方，搜尋了一陣，未見下落，便由宅主人陪同秦昭良，逕赴黎家沖，拜訪黎道朗鏢頭。

這時候，黎道朗鏢頭，和長子黎紹光，正在忙亂奔走，各處撞闖。女兒黎小霞失蹤已有多日，窮搜遍訪，渺無下落。明明知道已落在採花淫賊之手，為了門戶聲譽計，仍不敢向外聲張，只暗暗設法搜訪。當這秦昭良和張育林登門投刺，前來報信時，黎道朗父子恰恰全不在家。兩個客人向黎宅長工百般麻煩，懇求一見宅主，說是極緊要、極機密的事，要面見密談；長工越說宅主不在家，客人越要面見，總疑心是推託，鬧到最後，不可開交，秦昭良方才說：「老主人、少主人全不在府上，我們願意見見老奶奶和少奶奶，我們實在是有要事，必須面訴。」末後索性披露意趣，說是得有府上小姐祕信，要當面投送，又問長工：「你們府上小姐不是這些天沒在家嗎？現在我們偶然得知府上小姐刻在難中，所以特來報信。」二人說了同樣的話，那個長工方才變顏色地說：「二位請等一等，我進去回一聲。」長工立刻讓二客在門房小坐，慌慌張張進去了。

隔過好半晌，一個二十八九歲的少婦走出內宅，命長工把二客讓到客廳，這少婦便是黎紹光的妻子，也就是黎小霞的嫂子，黎老武師的兒媳。黎少奶奶面見生客，不敢吐露真相，先盤問客人的來意，張育林還在遲疑，秦昭良就一連說出實話，自承在荒郊救了黎小霞，黎小霞拒絕伴送，獨自回家，敢問府上，黎小姐到底回來了沒有？誠恐她半路上或者再遇歹人，或者含嗔不歸。念在武林一脈，故此特來關照。那黎少奶奶很認真地聽了，半晌不能置辭，請二客少坐，復又踱回內宅。隔過半晌，黎老奶奶也出來了，向來客詳詢一切，便再三稱謝，請二位留下地名，暫請先回，舍下這就打發人去把老當家、少當家追回來，面見二位。秦昭良搖頭道：「我們的住處離這裡很遠，既然如此，我們暫且投店。黎武師回來時，請到店房找我們好了。」遂與張育林規定下投止的店房，辭了黎宅。張育林到底是個尋常農戶，頗嫌黎府緘默冷待，又認為秦昭良自找麻煩，不肯到店房，徑回本村去了。秦昭良心中也不痛快，為要結識黎武師，只得投店候信。

那一邊黎府上一位老奶奶、一位少奶奶，聞耗全都驚喜震動，不曉得怎樣應付告密人。把二位來客很冷淡地打發走了，婆媳二人趕緊派長短工，去給黎道朗、黎紹光送信。黎道朗、黎紹光祕密地尋訪失蹤女兒恰分成兩路，聞耗先後趕回來，立刻到店房，拜見秦昭良。黎紹光深以胞妹被擄為羞，和秦昭良談話，辭涉吞吐。黎道朗覺得不對勁，索性實說了，然後問秦昭良：「在何處救了小女？擄小女的是何人？小女現在又跑到哪裡去了？可是回家時，又生了枝節？」黎老鏢頭問的這些話，秦昭良不能全答，只就所知，說了一通。僅僅說出那個賊人的姓名，叫做張青禾，這是黎小霞親口說的。至於被擄情形、被囚地點、以及現在黎小霞又失了蹤，到底是二番遇險，還是悲憤自戕，秦昭良可就全說不出來了。黎道朗十分懊惱，可是一籌莫展；最後決策，就請秦昭良幫忙，一同到張育林家附近，重加搜訪。這個主意打定了，立即實行。黎氏父子跟秦昭良，尋訪了一晝夜，竟仍無黎小霞的下落。

但等到數日後，在一天夜間，黎家沖黎老鏢頭宅中，忽有一人影襲入，徑把黎小霞的閨房打開，而且點亮了燈。恰巧這幾天夜間，黎老武師家暗有警備，派了幾個徒弟值夜，當下驚動起來，還當是賊人重來，立刻將閨房圍了。不料破窗一看，這襲入閨房的，不是別個，正是黎小霞本人。小霞一身短裝，正自在燈下，提筆留書，一面拭淚，一面書寫信籤。黎武師的弟子不禁失聲叫了一句：「師妹，你可回來了，你往哪裡去了，教師父好找！」這一叫，小霞猝然抬頭，形容憔悴已甚，聞聲粉面立泛紅雲，忽然投筆，抓過來壁上的利劍，就往項上要勒。黎門弟子已然闖進來，見狀大駭，慌忙攔阻。因為師父不在家，立刻通知師母黎老奶奶和大師嫂大娘子。黎氏婆媳踉踉地進了閨房，哭叫道：「姑娘，你回來了。」顧不得別的，奪去寶劍，婆媳雙雙抱住小霞，失聲痛哭。小霞也不禁號啕起來，向母親說：「娘，你不要管我了，你的女兒不幸，落在惡賊手內，已經玷辱了黎家門戶，我想回來了，我是把這信送回來，請娘只當女兒凶死了，女兒不打算尋死，也不打算削髮出家，我要從此奔走江湖，尋找仇人拚命。」一面說，一面掙扎著往外奔。黎老奶奶和黎大娘子如何肯放，一齊扯住了她的手，一個叫乖閨女，一個叫好姑娘，千萬不要如此。這時候黎門弟子已然在窗外聽出原委，立刻撥出兩個人，火速地去尋找黎老武師和大師兄黎紹光。黎小霞姑娘到底沒得尋仇出走，被她的母嫂哭留住，又被她的父兄苦留住了。她的父兄很賢明，認為女兒被擒，乃是家門大不幸，全不肯苛責女兒一人，只於吩咐上下人等，把這事啞祕起來。仍仔仔細細詢明真相，既知惡賊名叫張青禾，便下功夫搜訪張青禾的根底。

黎小霞姑娘悲苦、勞碌、羞憤，終於支持不得，病倒在家中了。黎道朗父子竟從武林同道中，訪出青禾的門戶，他乃是嵩陽派劍客第三代的門徒，黎武師咬牙切齒道：「好，想不到嵩陽派門下，竟有這樣的無恥門人。好極了，我一定要找嵩陽派羅靖南、夏金峰兩位劍客去算帳，我要教他們拿腦袋來，賠償我女兒一生的命運，我要教他們拿鮮血來，洗滌我黎家門的恥辱！」黎氏父子怒發如雷，定要找嵩陽派詰討罪徒。那個少年壯士秦昭良居然丟開了自己的正事，大告奮勇，要幫助黎武師，偕訪衡山祝融峰。

黎氏父子很感激，因心緒麻亂，不遑深計，也就不曾細詢秦昭良的來意。殊不知秦昭良正是為了他的一家親眷，受了家鄉土豪的毀害，訪聞土豪恃以禦侮的護院鏢師和黎道朗很有淵源，特意投謁黎門，懇請相機說和，拿情面把那鏢師勸走，不教他助紂為虐，或者用旁的法子，把那土豪制服也可。卻不料秦昭良遠遠來求，倒趕上黎宅家門之變，求助的倒成了助人。

這一來，秦昭良倒很得意。當下黎道朗、黎紹光、秦昭良，一同由黎家沖出發，徑奔南嶽衡山。可是他們才走到半途，便從武林人士口中聽說：「張青禾乃是嵩陽派叛徒，已與妖賊桑林武同流合汙，到處奸騙良家婦女，現在嵩陽派群俠已然得信，正在搜拿他。」黎氏父子一聽愕然，盤算一陣，仍要馳赴衡山一探究竟。父子倆和秦昭良續往前行，不久又從一個武師口中，聽到了一番話，說是那妖賊桑林武已然在株被擒，解送官府治罪，那個張青禾聽說是嵩陽叛徒，改投到長沙龍沙船幫去了。聽此說法，黎武師一行便當北上，不須南赴衡山了。黎紹光仍勸父親，面見嵩陽雙俠，秦昭良卻勸他徑赴長沙。黎武師竟似年老昏瞀，一時拿不定主意，商計了通宵，還是先奔南嶽衡山，一搜張青禾根底，再訪他的蹤跡。當即轉道，徑奔南嶽，本有江船可搭，卻是逆流，三個人嫌慢，竟改由陸路走去。

黎武師到底奔到南嶽，撲了一個空，這時候，嵩陽雙俠已然率同門大舉奔赴長沙去了。黎武師僅僅會見了嵩陽派留守的門徒，證知張青禾確是叛徒，已淪下流，現在正拿門規來搜尋他、捉拿他。據說已投入長沙府的龍沙船幫，大得庇護。黎武師父子問明大怒，立刻搭江船，火速北上。就在這往返徒勞的期間，小霞姑娘突然在家又失蹤了，卻在她被擄失貞，脫逃歸家，大病幾死，幸得痊癒之後，歷時已然三個多月了。

黎道朗父子由於秦昭良的引見，恰在長沙府，會見了嵩陽派劍客沅江徐鶴、張伯循數人。雙方接談，備悉詳情，現在嵩陽派正與龍沙幫發生誤會。沅江徐鶴奉命查詢叛徒，聽一個綠林人物說，叛徒張青禾是由龍沙幫幫友顧同春引薦，已加入了龍沙幫，大受龍沙幫幫頭盧天朋的寵遇。徐鶴立即用嵩陽派的名義，到盧天朋那裡投謁求見。盧天朋是個六十多歲的赤紅臉老者，氣度粗豪，手下幫友很多，倒也久慕嵩陽派的聲威，當下以禮延見，叩問來意。徐鶴聽說本門再傳弟子張青禾違背門規，犯了淫惡大罪，現奉掌門師兄祕命，前來搜拿他。聽道路傳言，張青禾投入貴幫，未敢擅拿，特來請命。想貴幫也有幫規，必不容叛徒溷入，務請舵主協力，把人交出。龍沙幫總舵主盧天朋聽罷，微微笑道：「這件事前些日子，我倒也有個耳聞，敝幫朋友姓顧的倒是引見來一個年輕人姓張的，要入敝幫，我在下因為這姓張的來歷不明，已然把他謝絕了。貴派搜捉叛徒，清理門戶，這是我們很欽佩的事，按理說應當效勞，可惜我們敝幫不知底細，實難相幫，還是請閣下自行尋訪去吧。」

張伯循和徐鶴聽了這話，很是不悅，又懇切地講了一回，盧天朋堅不承認有收容叛徒這事。徐鶴想了想，又說：「也許是貴幫別位舵主把張青禾收下了，總舵主或者還不知道，可否費神代查一下？」盧天朋笑道：「代查的話，在下倒可幫忙，不過在下忝掌總舵，所有本幫事無巨細，我全曉得，我敢斷言，幫友們沒人敢瞞著我弄鬼的，這一點請徐兄放心。」徐鶴和盧天朋講了許多話，總不合攏。張伯循便插言說：「這張青禾的一切行事，總舵主既然不甚詳細，但是貴幫幫友顧同春顧兄和張青禾乃是朋友，何妨請來面談一下。」總舵主盧天朋沉吟不語，半晌方說：「這樣辦，也倒不錯，趕明天我教他到二位住所去，當面談談也好。」徐鶴、張伯循至此無話可說，隨即告辭。龍沙幫總舵主盧天朋等到客去，便召見顧同春，告訴此事，顧同春說：「前幾個月，確有這麼一個張青禾，持幫友祕札，前來投托，他自稱是嵩陽派的被逐第三代門徒，我因見他年輕貌美，目光流動，又帶些公子哥兒氣相，只把他收容在我們附設的賭局內，住了一個多月，只算吃掛錢，不料這小子很好色，又氣傲，有點看不起我們幫友，總誇他們的劍術高、本領大，後來跟本幫的遲金生比鬥武術，他不合出手傷人，激起了眾怒，是我看他不妥，把他打發走了，後來他跟淮陽人妖桑林武遇合，跑到株洲一帶胡搞去了，他並沒加入本幫，我們管他不著。」盧天朋點點頭道：「原來這張青禾真不是個好東西，現在嵩陽派正在訪拿他，居然找到我們頭上，我們犯不上代人受過，那嵩陽派的夏羅雙俠，武功既高，對我們又很留面子，我們也不必怕事，也不必護庇歹人，趕明天你拿了我的電影，可以到店房找找那個徐鶴和張伯循去，一來算替我答拜，二來可以把實情告訴他們，也不妨指示他們一條明路。」

顧同春欣然答應了，到了次日，由本幫預備禮物，徑到鋪房，拜訪徐、張二位，不料這顧同春說話憨直，又自恃本幫勢力，不把嵩陽派看到眼裡，雙方言語誤會，竟起爭執。徐、張二俠疑心顧同春護庇叛徒，顧同春疑心二俠藐視他們龍沙幫，弄到後來，不歡而散。顧同春臨行時丟下了話：「我們龍沙幫也許是袒護惡人，也許是不顧江湖義氣，但是我們龍沙幫卻不能受人登門欺負，我說的話二位既然不肯輕信，那就隨你們便好了，至於張青禾的下落，我們也許是實在不曉得，也許是就曉得了，也不能隨便洩露他人的機密。二位既是嵩陽派的俠客，何不自己設法尋訪？若認為有人窩藏他，何不去搜搜看？」甩下這憨直的話，憤憤地走了。

沅江徐鶴十分震怒，當時就要變臉，張伯循連忙攔住道：「這個顧同春太不識相，我們不必跟他計較，我們還是找他們總舵主去。」徐鶴道：「不然，我們拿本派的名義，到盧天朋那裡，登門投帖，我們是很客氣的了，這盧天朋卻如此驕狂，他本人不來答拜，派了這麼一個東西，說這麼蠻橫的話，我們不能認為顧同春無禮，我們得徑直認成龍沙幫看不起本派。」張伯循道：「依你之見呢？」徐鶴道：「依我之見，他既無禮，我便無情，聽他們的口氣，張青禾顯然被他們窩藏，至少他們也必曉得張青禾的下落，我們很可以祕密搜查他們一下。」張伯循低頭想了一會兒，說道：「我們後撥的人眼看就到，索性等他們來了，商計一下，再作道理。」沅江徐鶴哼了一聲，也未置可否。

只過了兩天，嵩陽南派群俠陸續來到長沙，內中就有了因老尼、靈修道長、十一娘杜若英、女俠夏澄光、喬亮工、喬亮才、小俠蕭珏一行。張伯循、徐鶴便把龍沙幫態度倔強，不肯協助搜訪叛徒，頗涉袒護窩藏之嫌的話說了，問大家意見如何，靈修道長和了因老尼齒尊望重，比較持穩，打算自己再去找龍沙幫總舵主盧天朋等，疏通疏通。杜十一娘卻銜懼叛徒已極，認為龍沙幫明明默佑叛徒，敢違江湖正義。女俠夏澄光年輕性傲，她說：「龍沙幫輕視我嵩陽派的威名，他既看不起我們，我們何必再去撰辭求助？簡直不必管理他們，我們自行搜查叛徒好了。」靈修道人笑道：「龍沙幫聲勢浩大，江湖祕幫多與他互通聲氣，他們久視長沙一帶是他們的天下，我們若不打他們一個招呼，逕自搜尋叛徒，勢必引起他們的誤會。」杜十一娘、沅江徐鶴一齊憤道：「他們若果如此，便是他們甘趨下流，護庇淫賊，我們儘管不理他，他若不識起倒，橫來出頭，我們就可以收拾他。誰是誰非，可交江湖公判。」此話一出，眾議僉同。了因老尼、靈修道人縱然不欲多惹是非，也難犯公論，唯有再再切囑群俠，千萬不必挑釁，事事務要持重一些。

當下拿定主意，即日在長沙府茶寮酒肆、妓館賭坊，明搜暗訪起來。杜十一娘因張青禾叛師辱母，抱恨已深，更與女俠夏澄光結伴，把龍沙幫的祕密巢穴，也踏探起來了。這一來竟種下了嵩陽派和龍沙幫的釁端。沅江徐鶴和杜十一娘極力刺探龍沙幫的祕密。這一天夜間，探出長沙府一家賭坊，聚集著許多龍沙幫友，內中就有顧同春等，賭坊門前人來人往，似乎正有祕事會商。杜十一娘和女俠夏澄光在外伏伺，小俠蕭珏和沅江徐鶴喬裝賭徒，先時溷入。一到賭坊內，看見一個大賭案上，有三個莊家，六七個夥計在那裡開寶。有許多短裝的朋友，圍著賭案押寶。人多擁擠，亂嚷亂罵，看來只是尋常的賭徒，好像並無詭祕。只有三四個人出來進去，若有所待。徐鶴聽了半晌，漸漸聽出他們是等候什麼人，要在什麼地方打架。

小俠蕭珏也湊在賭案前人群中，留神察聽。過了不大工夫，忽聽一陣騷動，有五六個凶眉惡目的男子，架著披頭散髮的兩個女子，哭鬧著進了賭坊。徐鶴、蕭珏志在尋究叛徒，本不理會這些事，忽聽其中一個女子喊叫道：「無故作踐婦女，難道真沒有王法了不成？你們上哪裡，我跟你上哪裡。」另外一個女子只是哭，聽不出說什麼話，卻被那幾個凶暴的男子，你推我拖，從賭案前掠過，徑奔了賭案後上面房去了。跟著起了一陣嘩笑，一個男子笑罵道：「她還算良家婦女呢？好不要臉的娼婦。」

第八章　飛來豔奔則為妾

蕭珏和徐鶴百忙中已看出兩個女子，一個是二十幾歲的少婦，敷粉飾脂，打扮妖嬈，分明是個風塵女子，雖被這些人推推拉拉，口中卻嘵嘵不休，一點也不怯；那一個女子只哭不說，倒是個十七八歲的少女，也是豔妝盛飾，面貌頗為俊俏，很帶著憔悴恐懼的樣子。徐、蕭二人目睹此狀，忍不住要看個究竟。小俠蕭珏乘人多雜亂，竟跟著進了後面院子，沅江徐鶴也要溷進去。不料才轉身，突被人攔住了。厲聲喝道：「相好的，幹什麼？」徐鶴笑道：「我要小解。」那人道：「小解在這邊，你不能隨便進人家內院啊。別看這裡是賭局，後頭乃是東家的家眷，你不要胡亂啊。」徐鶴假裝鄉愚，連說：「是，是我不知道，你老不要怪罪。」只可站住了，轉奔廁所。

那小俠蕭珏竟得直入裡面。裡面一道院子，上首一排房，明燈煌煌，擺著香堂。有幾位舵主，正高踞上座，比手畫腳地說話。那風塵少婦和那個少女，被人們架在桌案前，似乎受訊。少女一味哭啼，少婦十分倔強，抗聲答辯，痛罵這些男子欺凌良家婦女。舵主們哈哈狂笑，說道：「你還是良家婦女？你不知有幾個野男人，你還炸刺？」跟著聽連聲威嚇二女，好像逼取她們的口供。風塵少婦連被推打，依然抗拒絕說。為首的舵主說：「這個娘們是有名的潑辣貨，軟硬都不吃，你們把她拉出去，剝光了她的衣服，把她吊起來，多咱招了口供，多咱放下她來。」說時立刻有幾個男子，逼來強拉風塵少婦。少婦面色慘變，仍不服軟，抗聲道：「你們找我要金魚，我真不知道，你們能胡賴我！」旋即大聲喊叫起來：「救命呀，殺人啦，強姦婦女啦！」亂嚷不休，突然被人堵上了嘴，拖到旁屋去了，掙扎的聲音很大，好像真個的脫剝衣服，吊起來了。那個十七八歲的少女，起初是捂著嘴哭啼不已，問她什麼，什麼也不說，只偷眼環顧眾人，露出十分驚懼的樣子。等到少婦被拖，她立刻神色一變，乘人不留神，陡然往牆撞頭尋死，卻被龍沙幫這群賭徒很快抓住。這少女哀叫道：「你們殺了我吧，我什麼也不知道。」又道：「你們饒了我吧，這裡面沒有我的事，我一個做藝的苦女子，師父叫我做什麼，我就做什麼，別的事我實在不曉得，你問我的師娘吧。」

那為首舵主厲聲喝道：「丫頭，你還敢扯謊，吳金魚那小子盜了祕寶，藏在你們那裡。他盜用好幾千銀子，也都花在你身上，你怎會裝不知道？趁早說了實話，有你的好處。你若貪圖小惠，替你那情郎隱瞞著，你可曉得我們龍沙幫的厲害？莫說你一個藝人，你就是公主娘娘，我們也要收拾！」說著雙眼一瞪，把桌子一拍，其餘的人和侍立的齊聲大喝：「還不招嗎？再若不招，可要吃苦了！」眾人連聲逼供，這少女似乎心神不在此，只顧側耳傾聽那個風塵少婦的動靜，那少婦確在別室受刑，但因堵上了嘴，聽不出慘嚎的聲音來，最多不過聽得悶啞的低哼。那少女被兩三個男子拖住了胳臂，不能動轉，渾身亂抖，顏色慘白，仍然是不肯認供。龍沙幫的那位首領，起初也像有點憐香惜玉之情，只虛聲恐嚇，未肯動手，最後想是因為沒法不取供，狠聲說道：「你們給我把她夾起來吧！」眾賭徒們答應了一聲，一個莽男子，要找扛子，當夾棍用。在座的第二個首領說：「收拾女人，用不著夾棍，可以用拐子。」又一人笑道：「哪裡找那玩意兒去？」首領道：「黃老八，你的手巴掌不是練過鐵沙掌？你何不拿你的手，暫當刑具？」「還是我們龍頭有法子。黃老八，還不露一手？」那個名叫黃八的莽漢，立刻張牙舞爪地過來，說道：「對，我黃老八服侍你吧，小毛桃。」

立刻伸出蘿蔔似的粗手指來，把少女抓到面前，另由兩個人架住，黃老八便把自己的手指，插在少女的手指中間，用力一夾，少女便哀號起來。賭坊群豪不但沒有惜花悼豔之心，反而譁然大叫，連連喝彩，齊誇：「黃老八好手法，舵主好主意，這真是好刑法！」這少女疼痛難忍，哭求不休，可是依然沒有招供，身子搖曳欲倒，被兩個男子架住倒也倒不下，蹲也蹲不下，霎時間淚流滿面，哭得啞了聲。訊供的群豪兀自拍桌子喝問道：「還不快招了？」

這一來，伏在窗外的小俠蕭珏，頭一個看不下去了，不由自己，發出了嵩陽派求援的暗號。沅江徐鶴在前面也聽見了慘號聲，也忍耐不住，打算往裡面闖，可是賭案上的人監視很嚴，似已看透徐鶴是來臥底的人，竟在暗中撥了三個人，專盯徐鶴一個人。徐鶴正要發作，同時小俠蕭珏口發低嘯，也被內院中聽出來。跑過來兩三個人，厲聲喝道：「你是幹什麼的，快給我滾出去！」口說著，拳頭也上來，便要揪打蕭珏，並往外拉他。蕭珏口中強辯，正待還手，突然間，從房上發來兩件暗器，一件打倒一人，一件穿窗而入，打滅了屋中的燈光，頓時嘩亂起來。黑暗中，有一人喝道：「不好，合字，有奸細！」

為首的舵主發出了龍沙幫的暗號，大家亂嚷：「抄傢伙，拿姦細！」屋中人一陣騷亂之後，立刻有人把少女帶到後面，同時有五六個打手，各拿了兵器，闖出來尋人打架。小俠蕭珏已從屋中跳出，頓時被圍在院中，動起手來。蕭珏沒有帶長劍，只有一把短刀，三四個大漢將他圍住，要把他活捉審問。正在危急中，沅江徐鶴突然闖入內院，因不知真相，連向蕭珏喝問情由。龍沙幫友立刻把他擋住，蕭珏倉促回頭說了句：「他們私設公堂，凌辱婦女！」紛亂中稍一失神，被人打了一下，他一怒拔出匕首，怒喝道：「快救人，被難的是風塵女子！」龍沙幫這些賭徒頓時嘩噪，一齊亮出兵器，要把蕭珏刺倒。蕭珏大呼動手，龍沙幫首領喝命開門拿姦細。

蕭珏陷入包圍圈中，被擠到牆隅，這時房頂上，突然現出兩個人影，正是杜十一娘杜若英和女俠夏澄光。兩女俠登房窺望，已看見龍沙幫搶掠婦女毒刑逼供的情形，便不察細情，勃然動怒。兩個女俠驟發暗器，旋即揮劍跳下平地，和龍沙幫動起手來。這座賭坊，乃是龍沙幫的幾個門徒經營的。那兩個被刑的女子，乃是當地女伶，兼操淫業，龍沙幫的幫友吳金魚盜用了本幫公款，偷取了本幫的祕密文件，和嵩陽派叛徒張青禾協謀遁走，卻因這女伶小毛桃，和她的姨母崔香蘭，跟吳金魚有割臂之盟，吳金魚盜用的公款，又多半花在小毛桃身上，故此龍沙幫把小毛桃和崔香蘭一同捕來，逼問吳金魚的下落。小毛桃和崔香蘭身被吊打，依然供不出吳金魚的潛逃所在，龍沙幫正用酷刑威逼，反被嵩陽派的人窺見了。本來兩方同須追究叛徒，正可協力追緝，反而引起了誤會。

龍沙幫在長沙很有勢力，嵩陽派在湘南也很有威勢，此刻雙方的部下，竟在賭坊中，昏夜裡，凶毆起來。賭坊中的龍沙幫本來不識小俠蕭珏和杜十一娘，杜十一娘和夏澄光又都穿著夜行衣，跳下房來，便施毒手，連連砍傷了好幾個龍沙幫的幫友。龍沙幫友吃了虧，譁然大叫，立刻往外面勾兵。沅江徐鶴擠在內院門旁，也被迫動了手，雖未拔劍，也打倒了兩三個人，搶到院內，要把小俠蕭珏援引出來。小俠蕭珏和兩個女俠連說：「他們搶架婦女，我們必須把落難女子救了出來。」徐鶴見事已鬧大，只可發出警號，拔劍合攻。不大工夫，便把賭坊中的龍沙幫友全都打跑了，只在院中躺著幾個負重傷的人。可是龍沙幫臨敗退時，已然安下了眼線，盯住了嵩陽派的舉動。杜十一娘和夏澄光由蕭珏引領，到各屋搜尋，只搜出廂房中被吊打的半老女伶崔香蘭，便急急地解救下來，由夏澄光給她穿上衣衫，不及研問，先把她背起來，逃出賭場。那個年少女伶小毛桃，杜十一娘恍惚看見，被龍沙幫的人乘亂抱走，穿後牆逃出去了。杜十一娘便囑蕭珏、徐鶴斷後，她自己立刻追尋出去。龍沙幫老窯設在長沙，可說是人杰地靈，他們把小毛桃架出來，三鑽兩鑽，便藏在民宅，找不著了。杜十一娘無可奈何，方欲窮搜，不料龍沙幫的援兵大至，從前後巷如潮般湧來，徐鶴見事不妙，招呼同幫速走。

女俠夏澄光劍法迅猛，很快地刺傷了兩個人，龍沙幫友大怒，此呼彼應，又攏聚來十多個人，內中頗有強手，霎時間把夏澄光圍住了。夏澄光不肯殺人，只用劍尖扎傷對手，這些龍沙幫友都是亡命之徒，不顧死活硬攻，夏澄光漸覺吃緊，便一咬牙大呼，揮劍亂砍，殺開一條路，往外急闖，可是夏澄光雖然闖出去，她救的人已被龍沙幫重新擄走。夏澄光一眼瞥見，便又大呼追救，龍沙幫友忙又裹上去，奮力攻打，如潮如蜂。

夏澄光重又陷入重圍，杜十一娘恰巧趕到，忙發暗器救援，沅江徐鶴等本已闖出來，聽見同伴失陷，復又折回，和小俠蕭珏合手，從背後襲入。

但是龍沙幫也聞警趕到大批援兵，竟將嵩陽劍客四五個人圍在狹巷中，前後不能相顧，一霎時，喊殺之聲，午夜驚人，住戶們不知所以，全嚇得坐起來，卻沒有人敢出頭過問。

嵩陽劍客靈修道長、了因老尼、張伯循和喬亮工、喬亮才等，續後也聽見了動靜，一齊趕來動手，龍沙幫勢力浩大，人越來越多，了因老尼見狀不利，忙發緊急警號，招呼同門速退。幸仗夜深，杜十一娘、夏澄光、徐鶴、蕭珏等，逐漸撤出來，發一聲暗號，大家相繼跳上民房，登高急走，火速地離開肇事場所。龍沙幫人多勢眾，武功不強，當時竟沒得扣住嵩陽派的人，但嵩陽派的人也沒有救出兩個女伶來。兩下里空聚毆了一陣，結果還是龍沙幫的人受傷的較多，只是嵩陽派的人，竟被龍沙幫認識出來。龍沙總舵主盧天朋，約派人找嵩陽派首領夏金峰、羅靖南，究問禍首，夏金峰、羅靖南也向盧天朋追究護庇叛徒張青禾的幫友，雙方鬧得很僵，其實是很可合作的事，及落到仇視不已。當下龍沙幫一面搜尋逃走的幫友吳金魚，一面和嵩陽派詰責釁端，嵩陽派也是一樣，一面應付龍沙幫，一面仍在祕緝張青禾的下落。

也就是過了五六天，黎家沖老武師黎道朗，恰與少年壯士秦昭良趕到長沙，由嵩陽派的門人，引領黎道朗，面見靈修道長，俱說叛徒張青禾的罪行，秦昭良又從別的武林人士口中，探出張青禾現在的竄伏所在，大概是在湘東、江西一帶，杜十一娘最恨張青禾，便向同門諸友說：「本門跟龍沙幫的糾葛，可請夏、羅二位領袖親來料理，我們現在應該趕緊跟這位黎武師，追拿張青禾去。」了因老尼知道杜十一娘的心，恨不得手刃叛徒，便慫恿大家，分出一半人，來與黎道朗合手，徑往江西祕訪。這時候，叛徒張青禾早在江湖上，贏得了雄娘子碧蜻蜓的綽號，在龍沙幫和嵩陽派大起糾葛的那幾天，他果然竄到江西獅子嶺去了，那被他汙辱的武林少女黎小霞，恰已改扮男裝，追尋不捨，趕到了獅子嶺，而且預備親手誅殺碧蜻蜓張青禾，以滌身受之辱。

獅子嶺山麓，有一家富戶的別墅，別莊內住著一個富家公子姓伍名吟秋，因患弱症，攜嬌妻美婢，住在這山墅內，讀書養痾。這一天夜晚，月懸晴空，風吹叢木。冷冷然微嘯，管娘子已然就寢，伍吟秋公子又犯了失眠的病，轉展枕席不能沉睡，竟擁被坐起來，挑燈讀書，心上一陣煩躁，又讀不下去，便披衣下地，開門出來登臺望月。忽然間月影下，望見短垣外，曠野地上出現一個女子，在一株大樹下坐著，似乎正在哭泣。伍吟秋不覺森然毛聳，想起了說部上所講的狐鬼故事，心想這不是一個女鬼嗎？那女子在樹下坐了好久，眼望山莊，要走過來，卻又停住。忽然從樹林後奔來一個男子，望見女子，立刻撲了過去，隱約似聽說：「好啊，你跑到這裡了，老老實實給我回去。」那女子突然立起來，似要逃躲，那個男子公然上前動手，要把女子拖住，女子叫了起來。伍吟秋陡然想到，這不是女鬼，也不是妖狐，大概是私奔的人吧？不禁在高臺出了聲，喝道：「幹什麼的？」女子和那男子一齊抬頭，女子便叫喊道：「鄉親們救人呀，強盜搶人了！」掙扎著往這邊跑，那男子依然抓住不放，伍吟秋公子十分驚奇，慌忙走下高臺，到前面招呼奴僕，等到喚起奴僕，開了別墅的門，隱隱聽得喊罵呼痛之聲，旋見那女子如飛地奔尋過來，那個男子不知怎的一來，跌倒在地，突又立起身，重又追趕，似又遲疑，旋見他一轉身，奔入林後去了。

這裡只剩下女子，伍吟秋公子自恃是縉紳之家，年輕漫無顧忌，便命奴僕把女子帶進來，一問究竟。自己先進了客廳，僕人們點了燈，跟著把那女子領到客廳，那女子披髮嬌喘，似乎驚懼不勝，剛帶到屋內，便呻吟一聲，坐在椅子上，掩面啼哭，且哭且向伍吟秋道謝。伍吟秋就燈光打量此女，年約二十一二歲，粉腮朱唇，瓜子形的臉，生得十分俊俏，穿長裙微露雙足，衣飾素雅，不似村農，倒像個富家年少孀婦，雖然哭泣，並無戚容，雙眸側睨，看了伍吟秋一眼，半晌說：「謝謝這位大爺救命，若不是你老，我一定逃不開那個流氓的囉唣。」說時捫著胸口，好像還在喘乏。

伍吟秋的眼界是高的，想不到在這山村夜月之下，會救了如此美貌的一個少婦，被那少婦目含睇一眼，心頭驀地一動，心想：「這女子當然不是妖鬼，可也絕不是尋常婦女，她到底是怎樣來路呢！」因即詰問道：「你這位娘子，你貴姓？你是哪裡人？家住何處？為什麼一個人深夜獨行野外？剛才那個人，到底是路劫還是流氓？你可以從容說來，我可以設法把你送回家去。」那少婦淒然嘆道：「我若有家，何至於落到這般光景！不瞞這位大爺，奴姓張，乃是湘東的人，幼遭不幸，生身父母亡故，叔父不仁。把我賣給富家做了使女。到我十五歲時，主人要把奴收房，主婦又不答應。後來主婦往娘家去，主人強把奴收下了。不久我懷了孕，被主婦發覺，又乘主人出門，把奴騙出去，轉賣到別家。」說到這裡，似乎傷心含愧，不能再往下講了。

伍吟秋雙目凝視著她，徐徐說：「張家娘子，你不必傷心，有話只管往下說。」那少婦遲徊良久，方才說道：「後來我主人知道了，把我贖回來，藏在姑奶奶家，如此過了兩三年，我那小孩也糟蹋了。不料最近姑奶奶家的一位爺們忽然盯上我，教女眷們諷示我，說我們主人已然死了，主人家不要我了，要教我從他。我不肯答應，姑奶奶家的人都算計我，我沒法子，才偷跑出來。我又不認得路，腳底下又不行，一陣亂逃，跑到這裡，連東西南北也弄不清。不想遇上剛才那個流氓，他要囉唣我……」伍吟秋不由聽直了眼，燈下打量這個少婦，果然姿色秀媚，足夠中上人材，談吐清朗，頗有大家風範，只兩個眸子似乎皂白分明，略逐英銳之氣，沉吟一會兒道：「你的話全是真的嗎？」少婦道：「我不敢欺瞞大爺，只求大爺恩典我，就算救我一命了。」伍吟秋道：「你本是個來歷不明的人，我怎樣恩典你，倘或你家裡找我要人呢？」那少婦做出悲惶之容道：「大爺若不收留我，我出去必落在歹人手內，我也就是一個死，大爺不覺有損陰德嗎？我還不是個膽小的女人，大爺只管放心，倘或出了麻煩，我自然自己答對，絕不會連累你老。」伍吟秋又復沉吟道：「現在天也不早了，只能收留你一晚上。明天天亮，你要趕快想法，離開我這裡。」少婦似有喜色道：「那敢情好了，我也不敢久在你大爺這裡逗留，我只求避過這一天去。」

伍吟秋公子站起來道：「好吧，我教他們給你收拾睡覺的地方去。」便留少婦現在客廳坐候，伍吟秋打算把她收容在婢嫗房內。

那個看門的長工忙湊來，低聲稟答道：「大爺可要小心，這女的不知是怎回事呢，大爺不要招出麻煩來。」伍吟秋笑道：

「難道說還有人告我拐賣人口嗎？」長工道：「憑咱們家，倒不怕歹人訛詐，不過，只這少婦的娘婆二家的人找尋了來，倒是個累贅。」伍吟秋說：「不要緊，我們只收容她一兩天，趕明天便打發她走。」遂命僮僕，叫醒了僕婦，把少婦送到女僕下房安置。伍吟秋辦完了這件事，回轉臥室，伍少奶奶依然沉睡未醒，伍吟秋便解衣登床，心上胡思亂想起來：「這個少婦原來是個逃妾，她一面訴苦，一面偷看我。」未免想入非非了，他竟折騰了一夜，直到天明，方才睡熟。但等到伍吟秋睡醒時，忽聽外間堂屋，有兩個嬌婉的聲音，正在說話，略一傾聽，原來是他的娘子管靜宜，和那個少婦攀談起來。伍吟秋心中微微一動，旋即咳了一聲，坐起來穿衣服。一個使女聞聲走來，張羅洗臉水，伍少奶奶聽見了動靜，便掀簾進屋，雙眸微含疑怒，向伍吟秋詰問道：「這個女人是你昨晚收留下來的嗎？」伍吟秋忙說：「是的，她是一個避難的少婦，被流氓趕逐，跑到我們這裡來喊救，是我把她放進來的。」少奶奶微哼了一聲道：「你就喜好做這種事，我剛才已經問過她，她原是富戶的逃妾，你不怕人家告你窩藏人口嗎？」反覆抱怨了幾句。伍吟秋含笑認錯，卻是這位少奶奶，已跟少婦談了一陣，少婦柔媚善言，居然惹動少奶奶的憐惜，竟沒再說別的話，等到開早飯的時候，居然把這少婦當作客人似的，請來入座。

於是，就照這樣，伍氏夫妻竟把這來歷不明的少婦當作上賓一般。少婦言談甜蜜，不但把伍吟秋哄住，把少奶奶也哄住了。這少婦起初只求在伍氏別墅，作一夜住宿，等到看出主夫婦全不厭煩她，她便說：「家無所歸，情願給伍府上為奴為婢。」她又自承知書識字，「府上如有小姐少爺，情願做個伴讀。」伍少奶奶便含笑向伍吟秋示意道：「大爺，你行好吧，善門難開，現在我們怎麼樣呢？」伍吟秋也笑了，說道：「這件事情還得請主婦做主。」少婦便向伍少奶奶斂衽懇求，伍少奶奶早有允意，便欣然答應了，對少婦道：「我家雖沒有小孩，可是我們很想請一位師母，能夠代辦筆札、整理圖書，最好不過。但不知你能做這些事不？」信手取了一張詩籤，命少婦抄繕。這少婦持籤遲疑，面含羞慚似的說：「我哪裡會為小楷呢？不過大娘子有命，我只可試試。」伍少奶奶道：「你一定行。」遂讓到書案前，給她開了墨盒，取了紙筆，這少婦就坐在伍大爺常坐的椅子上，拈筆取紙，照抄了一遍，字跡居然娟秀，雖不夠當記室，卻也不是孩兒筆。伍氏夫妻在旁圍觀，欣然笑贊道：「好，好，好！我們有了女記室了。」這個來歷不明的女人，就這樣被留在伍氏別墅了。

卻是這來歷不明的女人，每每湊到女主人前面獻殷勤，男主人又每每湊到女人前面獻殷勤，往往三個人碰到一處，言笑無忌，情形別緻。女主人常常嘲笑男主人見色起意，男主人又說女主人：「你得了一個女清客，打算把我驅逐出境不成嗎？」

女主人卻又嘲笑道：「你若喜歡她，你說實話，我自有道理。」

你不要直眉瞪眼，沒話找話，跟人家鬥口。」男主人說：「你不要誣賴好人，我卻是個正人君子。」女主人又笑說：「正人君子只是當著我的面，我不在的時候，你為什麼只端詳人家的腳？你為什麼盤問人家，腳是怎樣纏的這樣小？可有特別的瘦金蓮方沒有？你一個貴公子，無緣無故問一個女記室，盤問腳大腳小，請問這怎麼講？」問的男主人伍吟秋閉口無言，只嘻嘻地笑，且笑且辯駁道：「你這人太多疑，我看她的腳太小，我想請教請教她，好把纏腳的法子傳給你。」女主人笑道：「呸，你不要扯臊，我的眼睛，心還不瞎，你若識趣的話，趕快從實招來，我可以教你趁願。」伍吟秋低頭笑道：「你教我怎麼趁願？」女主人道：「那就看你心眼上有我沒我了。你只肯如實招認，我就可以給你做媒，你若拿我當外人，我就不是你的內人了。」伍吟秋公子笑著臉，看別處道：「我一定把你當內人，你若願意傚法李笠翁的『憐香伴』，我倒是初無成見。」伍少奶奶道：「啐！色鬼，我沒猜錯吧。我老人家成全了你們吧，我看你們倆眉來眼去，我給你們做媒，大概不會碰壁，你聽我的信吧。」伍吟秋道：「你不要挖苦人了，到底你跟她怎麼說的？人家現在是孤苦無依，投托無所，人家也許是本心不樂意，只苦於沒有退身步，勉強答應你的。若是那樣，你可是強逼人家的少年孀妾改嫁，你不但犯法，還未免缺德呢。」少奶奶道：「哎呀，我忘了這一節，我別做缺德事，趁早打退堂鼓吧。我這就叫她去，當著你的面，我告訴她，就說你的意思，你不願缺德，孫媽，來呀！快把張師母請了來。」

少奶奶故意做出悔不可追的樣子，伍吟秋公子沉不住氣了，連忙站起來，坐在少奶奶身旁，用手堵她的嘴，又探手摸她的胸懷道：「靜宜小姐，你真會放刁，我看看你的心到底有幾個竅？你真會思索我！」少奶奶管靜宜把丈夫一推道：「我怎麼思索你了？你說的乃是正大道理，我本來就錯，本來不該替丈夫逼娶人家的逃妾。我本來缺德嗎。」伍吟秋笑道：「是我缺德，是我說錯了，靜宜小姐罰我個不知好歹吧。」少奶奶道：「啐，看你胡說！」伍吟秋道：「我說實在的，她絕不像尋常女子，尤其是眉目舒展，跟你們不同。大抵你們女人越把腳纏得小，你們的眉心越露出一種淒苦之相，她獨不然，雙翹如此纖瘦，她臉上反倒跟男子一樣，很坦坦然然的。這真奇怪極了。」少奶奶忍不住笑起來，俯視自己雙足，又取鏡子自照道：「你簡直瞎說，若照你的話講，女人們腳大腳小，只看眉目，就猜出來了！」伍吟秋笑道：「差不多吧，你看，你的眉目就不大舒展，就因為你沒有把腳纏好，常常疼痛，皺慣了眉，自然帶出淒楚的模樣來。你再看看我的眉毛，是不是比你舒展？你回頭再看看她，是不是跟男子一樣？」

少奶奶伸指羞他道：「不要扯臊了，我別不識趣，我把她請來吧。你是繞著彎子，要在這工夫，先跟她談談，要看看她，既經提婚之後，對你意思怎麼樣？」說著，便叫：「孫媽，孫媽，快把張師母請過來！」

孫媽在第一次喊她時，已然來了，因見主人主婦正在閨房調情，只掀探頭，偷看了一眼，便躲在外間了。此時忙答應了一聲，先走進來，聽完吩咐，又退出去，把舌頭一吐，徑去書房，邀請女記室張師母。

張師母便是那個逃妾，經主婦一請，立刻過來。不想她剛一進屋，主人伍吟秋便嬉笑著跑了出來。兩個人劈頭碰上，張師母慢款蓮步，搖曳欲倒；主角情不自禁，上前攙扶一把。張師母側臉回眸，衝主人一笑，卻又低頭說了一聲：「謝謝！」姍姍地走進了主人主婦的閨房。主婦一迭聲地叫：「吟秋，吟秋，你不要走啊！我把張師母邀來了，你怎麼的倒躲了？」

主婦追到閨房門口，張師母恰來到門口，主婦一手挽住了張師母，仍向伍吟秋公子叫個不住。伍吟秋一溜煙地躲出去，主婦管靜宜很高興地笑，且笑且說：「張師母，你看，我們吟秋一見你進來，你沒有害羞，他倒臊跑了。」

張師母道：「太太又逗笑了，奴可擔不住！」居然改掉做西賓的派頭，衝主婦執行侍妾之禮。站在管靜宜的身旁，非常恭順，又非常親暱，竟似乎把自己變成小女孩子，要偎在主婦懷抱似的。兩個人相將相扶，進了閨房，主婦仍命女僕快把主人請回。張師母羞羞慚慚地央告，求主婦不要鬧了：「他一進來，教人怪難為情的，太太，還是奴陪您談一會兒吧。」並對主婦私陳下情，如果主人進來，抵面相對，教自己深了不是，淺了不是，稍一疏神，怕教主人把她看成無恥。那一來，恐怕不能長侍主婦了。說的話十分柔婉，教主婦聽了，不忍拂逆。因是主婦笑了笑，往床上一躺，向張師母招手道：「來吧，你的話也對，你陪我躺一會兒。我還要問問你，你的芳名叫什麼？」

張師母果然往床頭一倒，滾身往主婦懷中偎去，雙手探懷，來捫主婦的雙乳，並且低聲的似呻非呻地說：「太太，我叫張倩萍，太太若嫌名字不好，您給我另起一個名兒。」

這個逃難的女子，未來的侍妾，撒嬌似的在主婦懷中揉搓，櫻唇吻著主婦的粉腮，雙手撫弄主婦的胸乳，把主婦摸索得春情蕩漾，且又觸癢，不由笑了起來，用手推拒道：「好好，你這個人可了不得，別看你是個女人，你竟要調戲我嗎？你拿這一套，衝我們吟秋施展，還倒罷了。你一個未成禮的側室，倒跟大婦挑逗，你好厲害呀。」深處璇閨的管靜宜，哪裡會想到人妖雄娘子的把戲呢？她反而反攻上來，說是：「你不要曦咆我，我倒先給你來一下吧。」主婦一滾身，把這自稱張倩萍的女人按在床頭，主婦便一撲，壓倒張倩萍身上，雙手捧住張倩萍的腮，狂吻狂嗅起來。

兩個女人，一個為夫做媒的大婦，一個未來的侍妾，在深閨調情，漸流於狂縱，竟忘了主角伍吟秋公子此時還在書房。伍吟秋也是少年好色之人，他居然不來湊趣，兩個女人居然把他忽略了。哪知他在這時，突然為別墅的園丁悄悄邀請出去，說有一個生客來訪，好像是打聽逃亡的姬妾，好像是張師母家中的人，找尋來了！

伍吟秋不覺失驚，忙問園丁：「生客現在何處？是個怎樣的人？他都說了些什麼？」

園丁是個老年人，語言遲訥，只說這生客是個年輕書生模樣的人，從昨天就在別墅附近徘徊不去。據說：「曾向門房打聽過，咱們這裡可曾來過眼生的少年女人，臉子很俊，腳很小，身量細高，自稱是逃難的、告狀的、被家裡趕逐的？門房沒有好生答對他，他也就不多問了。可是他還不走，今早他又問我；他問的話，越問越離奇。小的因他穿戴不俗，不像個流氓，就問他打聽這個做什麼？他說的話嚇了小的一跳，小的不敢妄說。現在他就在花園等著，他願意面見主人，細說詳情。他說他是訪拿妖賊的，他說有一個妖賊，生得很漂亮，專好將男扮女，誘騙大家貴婦的財物。他的話簡直嚇人一跳，他說這個男扮女的妖賊本領很大，又會邪術，很不好捉拿，現在大概落到咱們這裡了！……」

園丁還要說，伍吟秋已然變了色，十分忐忑。抬頭看天色，已漸黃昏，站起腳來，要往外走，忽又心一動，忙轉身回去，把女僕孫媽叫到面前，低囑數語。這才忽忽走出去，且跑且對園丁說：「你千萬不要告訴別人，也不要走漏消息。」園丁連聲說是，主僕二人悄悄溜出別墅，繞到後院外。那個少年書生也很像怕人見，已然隱藏在竹林後面了。

伍吟秋到竹林後，與這少年書生抵面相會，也覺詫異。這是一個很文弱、很清秀的一個少年；身量不高，面白如冠玉，手臂尤美，雙瞳如剪水，微含愁態，舉止風雅，步履紓徐。乍一相對，面泛紅霞，頗有女孩兒氣，卻是一整面盤，頓轉肅然，斂袖拱手，向伍公子道：「這位想是宅主人，你家貴姓伍嗎？」

伍公子道：「正是姓伍，閣下貴姓？素非相識，有何事見訪？」

少年書生左右四顧道：「這裡還僻靜，可否請屏退貴僕，區區不才有一祕事奉聞。」

伍吟秋也往四面一看道：「這人是我家世僕，也是心腹人，當著他不要緊，請客人有話儘管明言。」

少年書生雙眉微蹙，似有不得已之狀。半晌方說：「此事關係府上全家性命，不是我在下故作詭祕，委因我在下和這男扮女的人妖，仇深似海，我為了復仇，一路尋訪他，不想他落到府上了。府上若不小心，也恐陷我舍下的故轍，弄得府上宅眷求生不能，求死也不得。我很想跟公子密議捉拿此賊，這事實不能讓第三人知道……」

伍吟秋乃是有學問的貴冑，頓時聽懂了，猜明了，不由大為震怖道：「哎呀，不好，莫非我舍下新救的這個避難的貴家逃妾，竟是男扮女裝的，竟是人妖一流人嗎？」

少年書生冷然道：「是，是，若不是，倒真是公子飛來的豔福了。」又道：「府上這一會事，能夠遇上我，真乃是尊府上有德。我在下的親眷，就不幸得很了，我為了替舍親復仇，一路追緝他；現在我便要設計捉拿這個惡賊。這個賊已然惡貫滿盈，他一定要遭報應了。但是這個賊身上有一種迷藥，我若跟他力鬥，仍恐敵不住他。我要請公子助我一臂之力，我要做成圈套，乘夜誘捕他。」

伍吟秋此時心神驚惶不定，又多少懷著疑猜，怕這少年另有機謀。比如說，這少年書生跟這個假裝逃妾張倩萍，乃是合謀打虎的，乘機混入富家巨室，裡應外合，乘機搶劫。又比如說，逃妾張倩萍實是女子，這少年書生知道他的根底，特來訛詐。……人的心是曲曲折折的，往往看事不敢只看一面，願要深究裡面黑暗處。伍吟秋是聰明人，當時心中又轉軸了。抬頭把少年書生端詳了一會兒，這書生如此美，而且頭戴儒冠，微露鬢角，而且說話女聲女氣的，伍吟秋心中未免打鼓。

伍吟秋皺眉凝目良久，方才說：「先生，你說的話我全信，只是我還要考察考察。你說他是男子？你說你要乘夜誘捕他，你用什麼方法呢？」

少年書生也似看出伍吟秋的神情，起初震驚、惶愧，漸漸轉為疑慮；書生便知倉促初會，交淺言深，對方自然要由疑駭而生猜防了，便咳了一聲，又仔仔細細剖白了一番，更將誘捕的辦法，低低地向伍吟秋說。伍吟秋還是盤詰，也就是還在猜疑。

少年書生搖頭長喟道：「我也曉得我在下突然無端至前，公子不敢率然輕信。然而我請公子看我的臉神，我是坦白的，還是詭詐的？我再請公子細細揣摩那個逃難女子，畢竟男扮女裝，必有破綻。第一，他相貌盡美，終露江湖氣，丈夫氣。第二，他既是男子，必非纏足，他的腳是踏著木蹺的，那一定太小太瘦，走路不穩。第三，他既然裝的是假腳，他的身材一定比尋常女子高，他是不是一個長身玉立樣的婦人？他是不是像戲臺上的武旦？第四，他既是個偽裝女子，他一定模仿女人的嬌態，這一點真真假假，難免過火，必露馬腳。第五，他是假裝女人，他對男子故作嬌羞，他對女人又免不了撕皮擄肉，過於親暱，流露出輕狂調情的憨態。公子，你仔細回想一下，我的話可有假？我再警告公子一聲，他是淫賊，他不但要汙辱婦女，還盜取你家的珍寶，他是人財兩得。這件事十分險詐，機栝很緊，刻不容緩，你不要猶疑，誤了大事。他一混到人家，必定首先哄騙人家婦女，尤其是未出閣的女孩子，更難逃出他的手心。府上一定有女眷，你想想可怕不可怕？你可以問府上女眷，據說他已混進來三四天了，我恐怕……我不忍說，公子你快快應付吧，你不要猜疑自誤。」把這雄娘子的劣性細細描說了一遍，把自己要如何設計誘捕的方法，也扼要講說出來。

那誘捕的方法，只是個托梁換柱之計。暗示著伍公子，如果此賊還未與府中女眷同室而宿，今晚就可以暗遣一個美貌女子，看出來是此賊所覬覦的，故意和他同床共枕。到了時候，故意弄滅了燈，把少年書生換進去，當場捉拿，驗明是男子，便加誅戮或交官。少年書生的意思，是當場一殺，若伍府上下不敢做這事，書生要求把此賊交給他，以便押出交官歸案，治罪復仇。

伍吟秋聽了，疑疑思思，不以為然。他說：「何必費這大事？我可以找一個有年紀的女僕，等這張師母睡熟，潛施摸驗，豈不省事？」

少年書生冷然笑道：「他是幹這個的，他豈容你挨近？他睡覺必有防備，他必自托貞烈，獨宿必嚴門戶，你的女僕就挨不著他。只有美貌的少女少婦，他願意邀來同枕，才能挨著他的身。公子不信，可遣青年使女試試也可以，只恐他看不上誰，他就決計不容誰挨著他。他若願意和誰同室，他就是要用蒙藥，暗算誰了。」少年掰開揉碎這麼一說，伍吟秋心中漸漸活動，口頭上說：「好吧。」他還要進去問一問他的妻子管靜宜。少年書生無法勉強，嘆了口氣，心中著急，口頭上也只得說：「好吧。」便與伍公子叮嚀後會，約定了今日見面聽信的時刻和地點。書生很想潛藏在伍氏別墅，看出伍公子不放心自己，只略為透了意思，又說：「我是一來為自己，一來為府上，一來為受害女子，才要懲治此賊。公子你不要忽略了我的至意！」說罷，便飄然而去。

可是事情進展得很快，伍吟秋深以少年書生無端而來為可疑，等到他進入內室，把妻子管靜宜調出來，祕密一說，管靜宜凜然一震，面頰泛起紅潮，哎喲一聲道：「張倩萍，她真是男子嗎？」渾身抖擻起來，竟突然落淚道：「你把我害苦了！」

第九章　冤家聚首雄娘子失腳

伍吟秋公子不禁大駭，握住了妻子的手，一句跟一句地窮詰。才知道剛才，就是剛才，這個逃妾張倩萍跟主婦管靜宜，在閨房內室，同床並枕，抵面私語時，由調笑而調情，她竟摸索起管靜宜來了。而且把管娘子弄得春情蕩漾，兩個婦人恍惚變成一男一女似的戲謔。等管靜宜情不自禁，互相擁抱，接唇偎懷，胡鬧良久。忽然她清醒過來了，忽然她覺得這個逃妾，這未來的侍姬，未免太輕狂，太放蕩，居然以侍妾的地位，敢跟主婦大婦胡調。

管靜宜是大家閨秀，一時被春情挑逗，一時又覺不合。……正在此時她的丈夫忽然告訴她，張倩萍是男子偽裝，現在有人告發追緝來了，管娘子幾乎嚇倒！而且情不自禁，愧不可仰，猝然指著伍吟秋道：「都是你，都是你，你把我毀害了！」對對的眼淚流下來了。

伍吟秋大驚，照這樣子看，似乎自己引狼入室，自己的結髮之妻大概已經上了當！然他眼看著嬌妻，竟沒有勇氣，作更好的設想。

他猝然攙起了他的夫人，連說聲：「不要哭，不要哭！」張皇四顧，還想瞞著婢媼。他很快地把管靜宜娘子，架到別室，再三盤問。他最恐怖的是，他的娘子是否已被這人妖暗算，以致失身了？他愧恨成怒，極力推搖妻子的雙肩，說道：「不許哭，快說！」管靜宜這才忍愧說出這個逃妾如何地挑逗自己，如何地調戲自己，以至於擁抱、接唇、偎懷，全做過了……伍吟秋拭著汗說：「還有別的沒有？」

管靜宜滿臉通紅地說：「就在剛才，她跟我說風話，動手動腳，這就夠恨人的了，夠毀人的了，還有什麼別的？」

是的，一個偽裝女子，跟堂堂高門貴婦冰枕調情，自然是濯西江之水，不足以滌辱。「還有別的？還有什麼別的？」

伍公子不放心，不滿足。他當然不盼望別的，可是他不問出別的來，總疑心著還有別的。而娘子口羞不說，他急頭暴臉地低聲追問。直等管靜宜娘子心神稍定，方才想到丈夫的最怕的那一點，連忙地說：「他不過是跟我胡鬧，我還沒有上他的當，你放心，這就是剛才的事。」

伍公子仍道：「快說實話，你不要瞞我。」

管靜宜道：「情實我沒有瞞你。」

伍公子道：「你為什麼哭？你一定被他……被他騙了！」

管靜宜看見丈夫急怒過甚，趕緊地拉著丈夫的手，極力把愧恧之容鎮定下去，說道：「秋哥，你不要多疑，不要害怕，我怎能欺瞞你？我是，你想想我的身分，再想想我們的門楣，一個人妖混進來了，我怎會不臊得哭？好哥哥，你不要多疑，我全告訴你。」再把閨房中的事，一字不遺，細細描說給丈夫聽；並且指天誓日，「就是這個，沒有別的了。」

伍吟秋長吁了一口氣，說道：「我的天，你幸而沒有受害！……現在我們必須幫助人家，把這個妖賊捉住。」

他的娘子的一副羞慚之淚，把他引得犯疑；他的娘子一番誓告之辭，把他的懷疑一掃而空，他再不疑惑少年書生的無端而來了，他的娘子所說張倩萍的猥褻舉動，已足證明張倩萍絕非被難女人。伍吟秋慌慌張張往外走，要給少年書生送信，管靜宜很難堪，很愧恨地抓住了丈夫，說道：「你做什麼去，你走了出去，我呢？」伍吟秋道：「這個我就找書生去，你可以躲到旁屋去。」管靜宜道：「哎呀，那不成，他要是再來撕捋我呢？我得跟著你，這個人妖不除，我簡直不能再在這別墅待了。」伍吟秋無可奈何，低告娘子數語，把女僕丫鬟叫來，片刻也不要離開主婦，在白天，在暫時，絕不會出錯。管靜宜還是膽怯，而且她丈夫要教她臉上不露形跡；她簡直做不到，她眼中含著淚，恨不得遷出別墅，躲避人妖。伍吟秋十分無奈，想出一個下策，暗告管靜宜，從使女中挑選了一個最美貌的少女，即命美貌小丫鬟，陪伴這個「張師母」，借此暗作李代桃僵之計，然後伍吟秋很快地溜出後園，派人尋找那個少年書生去了。

少年書生很快地來到，就在竹林中，與別墅主人伍吟秋定下了祕計，要捉這個雄娘子飛來豔婦。依著少年書生的主張，這個雄娘子既跟主婦管靜宜昵近，那麼他一定是把主婦管靜宜當作口中食了；今天夜間，仍當望主婦跟他同居一室，然後臨睡時故意弄熄了燈，然後主婦假裝赴廁，摸黑換了少年書生，少年書生就可以當場擒賊。然而這主意，既知雄娘子是雄非雌，主婦管靜宜豈肯再幹，也沒有這份膽量去幹，而主人伍吟秋是決計不肯教娘子如此干，好比玩火伴虎一般，萬一有個閃失，真真不堪設想。少年再一申說，伍公子脫口峻拒。少年頓生難色：「你不肯這樣做，我卻不是惡賊的敵手，若明著去捉，一個捉不好，府上可要受害！」別墅主人伍吟秋立刻說出了另一個李代桃僵之計，那便是暗遣美婢為餌，他告訴書生，他已然這麼做了。少年書生微微冷笑，情知伍公子要拿這個婢女，一個女孩子做犧牲了，他怕自己的娘子失節，他教婢女李代桃僵，然後再叫書生李代桃僵，少年書生以為他這居心殊欠仁義，雖然搖頭腹誹，只得接受了這個主意，重新授以祕計，但是事實上仍要主婦協力。

議定祕計，少年書生潛藏在別墅別室，伍吟秋回轉內宅，悄悄告訴管靜宜，管靜宜恨不得離開別墅，不敢照計行事。伍吟秋把書生諄囑的話，再三解釋給她聽，她這才惴惴然拭淚答應，把怨尤的眼波注到丈夫臉上，心中實在是恐怖，經丈夫再三的苦勸，而且安慰再三，方才答應了。主婦管靜宜沉不住氣，把那個少年美婢叫來，低聲暗囑：「你今晚上陪著張師母一屋裡睡，你可得靈醒一點，不要睡熟，你先把燈弄滅了，回頭有人摸黑敲門，你悄悄地出來，把人放進去。」卻隱瞞著真相，不肯告知婢女，臉上的神情帶出尷尬相，這婢女覺得有些可慮，但也不敢違拗，悄聲答應下了。

張師母（那個被告發為男扮女裝的逃妾）一點也不理會，照樣找主婦來湊趣，主婦藉著事由，總躲避她，幸而女僕孫媽比較靈透，此刻已受過主人、主婦的隱約的關照，她便猜出張師母大概是壞人，主人教她留神，她就留神，主婦教她幫著美婢陪伴張師母，她就慫恿美婢，和張師母搭訕親近，而且代傳口諭，說主婦吩咐的，今天叫榮芬姑娘陪著張師母在小書房安歇，老早地給鋪床墊被，又給泡了一壺茶，把美婢榮芬撮弄到小書房，與張師母同室同床。婢女榮芬，今年在十六歲，是個小女孩子，果然生得苗苗條條，曲眉粉頰，有幾分姿色。這個張師母起初並不曾顧盼到她，張師母原意，今晚要與主婦同榻，細訴懷抱，把男主人故意趕到書房去睡，這好比妻妾和美，驅逐丈夫似的。表面看，乃是一種女人的惡作劇，主婦管靜宜本來笑著答應了，現在變了卦，而且主婦老早地回轉閨房，關門睡覺去了。據女僕傳言，太太今天頭痛，連老爺也趕到外書房去了。像這樣，這個張師母應該回想一下，不料這李代桃僵之計，居然生效，主婦不在面前，換了這個嬌如小鳥的使女，張師母便忘情了。

張師母到現在，才把榮芬仔細一看，居然很可人，很有媚態，最奇怪的是，使女奉命來給張師母做伴，也是女孩兒們的常事，這個榮芬姑娘竟含羞帶愧，立在一旁，斂眉掠發，垂睫視地，彷彿像新婦似的不敢抬頭。此時天色很不早了，張師母看出美婢嬌羞，她再想不到嬌羞是躲避，無名的恐怖也像嬌羞，也是一樣躲避，張師母她倒反覺得有趣，便上前把榮芬拉了一把說：「姑娘，你叫什麼名字？你可是太太打發來，給我做伴的嗎？」榮芬俯視腳下，低聲說：「是的，奴才叫榮芬。」

張師母握著榮芬的手，搭訕了一陣閒話，隨即拽到床前，使她跟自己並肩而坐，徐徐問道：「榮姑娘，今年你幾歲？」榮芬道：「奴才十六歲了。」張師母笑道：「原來你十六歲了，歲數很不小了，但不知道你有了婿家沒有？十六歲也是大姑娘了，不知道你心眼上有誰，告訴我，我告訴你們太太，準教你稱心如意。」

榮芬還是不言語，這張師母便咯咯的欣笑起來，說道：「我像你這大歲數的時候，早就開竅了，天天做夢，夢見小女婿子，我們幾個女伴，也是一樣。我們湊到一塊，什麼話都說，哪家的學生漂亮，哪家的男孩子溫柔多情，哪個姑娘的未婚夫婿好，哪個姑娘的未婚夫婿壞。沒有外人，沒有事的時候，我們天天講究，我們不但是講究，幾個女孩子聚在一處，玩笑慣了，嘴敞極了，什麼話都敢說，什麼事也都敢做。有時候，我們睡在一處，我們就裝新郎官，新娘婦，我們也是成雙成對的，和真入洞房一樣，不但這麼樣同床並枕，還這麼樣摟摟抱抱的，這一個當新娘婦，羞羞怯怯，那一個當新郎官，就這麼著。」張師母且說且表演，榮芬姑娘被鬧得臉通紅，心亂跳，而且硬被張師母撮到床頭，按倒了，把唇吻放在她的腮上。

她還小，從來沒見過這個，不禁失聲叫了起來：「哎喲，張師母，你你你別鬧，我我我不成！」極力地撐拒，聲聞於戶外。張師母忽然警覺。燈還沒有熄，門也沒有關，她立刻鬆手，下了床，打算過去掩門。使女榮芬鬌髮鬆散，立刻從床上爬起，一溜煙逃出去，張師母一把沒抓著，趕緊追了出去，不想那女僕孫媽正藏在外面偷聽，忙咳了一聲，問女婢榮芬說：「小芬，你還不睡，你出來做什麼？」榮芬說道：「張師母，她盡跟人家鬧！」女僕忙笑道：「這麼大姑娘，還不識逗？張師母是喜愛你，還不老老實實睡去？給太太知道了，又要罵你不好生服侍人，盡淘氣吵鬧！」湊到榮芬身旁，連連捏手，默囑數語，立逼榮芬回房。張師母也已追來，笑道說：「想不到這小芬姑娘還這麼靦腆，她不願跟我做伴。來吧，小芬姑娘，你也不願跟我一頭睡，我們可以打通腿，你在一頭，我在一頭，偌大丫頭，原來不識逗，怕人給她說婆婆。」且說且動手，把小芬捉小雞似的拉了回去。榮芬眼露出求助、求免的神氣，終不敢違拗主婦，於是心上怕怕的，賠笑說：「張師母你鬆手，我跟你做伴去，你別摸我，怎麼著都行。」

第二番入室，張師母不再魯莽了，榮芬也不敢再強拗了。

一個好哄，一個軟躲，重新打點上床安歇。榮芬先給鋪好了床被，便要另白搭鋪。張師母不許，定要同床。榮芬便把一對枕頭一東一西放著，預備好了暖壺，端來了燈，掩上了屋門，便請張師母先行上床，自然是女客在床裡，侍女在床外，以便服侍了。張師母要叫榮芬睡在床裡，榮芬一死兒不肯，也不敢，說是怕太太說。張師母笑了笑，說道：「由你吧，我們一塊兒脫衣上床吧。」榮芬笑請張師母寬衣。她說她還要出去小解，就便把溺器拿來。張師母等著她，她不肯，婉婉地懇求張師母先解衣履，先登榻。張師母想了想，笑了，說道：「也好，不過我有一個毛病，不吹燈，不能脫衣上床，我現在要睡了。」

一面解衣紐，一面命榮芬熄燈，張師母自然是熄了燈，才好脫她的鞋襪的。不料這燈光一滅，榮芬如釋重負，向床頭說道：「你老請先躺下吧，我這就來。」

燈光已滅，全屋漆黑，張師母窸窸窣窣地脫衣裳，脫繡鞋，摸黑展被上床，就枕等待。美婢榮芬就摸著黑，開了門，走出去，上廁所，取溺器。當此時，那個突然而來的少年書生，正在別墅別室，伺機而動。男主人伍吟秋一面陪伴著書生，一面顧慮著愛妻，一面怕著喬妝女子「張師母」的意外舉動，把一顆心分在三處，懸懸不寧。少年書生一聲不言語，遠遠地坐在一旁，已將捉淫賊的武器帶來了。書生也自心神不寧，眼珠亂轉，起來坐下，把伍公子囑了又囑，教他沉住了氣，靜等時機。兩個人好似度日如年，耗到時候差不多，少年書生站起來，便問宅主伍公子：「那賊睡了沒有？你快去看看，或者叫別人去看看，我覺得夠時候了。」伍公子趕忙地答應了，悄悄溜出去。

不大工夫轉來，卻吃了一驚，少年書生把屋門掩上了，伍公子推了一推，沒有推開，忙說：「怎的了？」少年書生在屋中說：「等一等！」停了片刻，開了門，把宅主人放進屋，燈光下一看，伍公子越發驚駭，這個長袍儒服的少年書生已變成急裝緊褲、穿夜行衣的女子了。伍公子瞠目相視，幾乎說不出話來，吃吃地說道：「你你你！」那張師母既是男扮女裝的妖人，這捉人妖的書生又突成男扮女妝的夜行女子，事情太不測了。

他不禁由「張師母」疑到少年書生身上，雖然這書生變成花容月貌之女，他反而畏若蛇蠍，倒退著要出去。這少年慌忙阻住退路，低聲說：「你不要害怕，不要多疑，我為了要拿他，不得不這樣裝扮。」伍公子道：「但是，你不是裝扮的，你分明是個女子……也許你是男子，你比他裝得還像，你們到底是怎麼一回事？」女妝的少年書生咳了一聲道：「你不必問了，我跟這賊子有很大的仇恨，你不要管我是男是女，我是要報仇來的，你是要除禍害。現在時候不早了，你不要亂想，快依著我辦。到底賊子睡了沒有？我必須這樣打扮，才好設計生擒他。」這急裝緊褲的書生女子，細腰削肩，體態婀娜，配著她那嬌柔喉嚨，伍公子確已斷定她是個女子。這女子一力催促伍公子，盤問賊子到底睡了沒有？伍公子吃吃半晌，這才答道：「她已然進了內書房，由丫鬟榮芬陪著她，她大概這就睡。不過榮芬太不濟，怕哄不住她，女僕剛才告訴我，我沒有親自過去探看。」

急裝緊褲的夜行少女，點了點頭，說：「好！」又皺眉一想問道：「使女太小，本也不能辦這大事，現在就這樣吧，我立刻就去盯著！」站起來，備好武器，催伍吟秋引路，一直往內書房去。

兩個人一聲不言語，躡足而行，到了內書房外，藏在暗隅，內書房燈光搖曳，隱隱傳出笑聲，又挨了一會兒，目睹美婢榮芬逃了出來，夜行女子忙拖伍吟秋藏到角門後，女僕旋將榮芬勸回去，所謂「張師母」也已回房，夜行女子便悄悄湊了過去。

工夫不大，內書房燈光忽滅，美婢榮芬悄悄溜出內書房，直往廁所走。夜行女子忙會同伍公子，掩到榮芬背後，輕輕叫了一聲，黑影中，榮芬聞聲回頭，問道：「是大爺嗎？」伍吟秋忙問：「張師母睡了沒有？」榮芬低答道：「剛躺下。」夜行少女（偽裝書生）緊盯著問：「她可是脫了衣服睡的？」

榮芬答道：「是的。她把衣服全脫了，只穿著小衣裳，鑽進被窩了。」

夜行少女問：「是誰吹的燈？你吹的，還是她吹的？」

答還：「她吹的，她說她不吹燈，不能脫衣服睡覺。」

問道：「你沒見她脫鞋嗎？」

回答道：「沒有，她是先吹燈，後脫衣服，沒有見她脫鞋。」

又問：「你可看見她帶著兵器，刀子和暗器囊，薰香盒嗎？」

榮芬很詫異地望黑影看，當然看不出這少年書生改裝的夜行女子的相貌，只聽聲口，知是女人，便答道：「我不曉得，我沒見她帶刀。」

夜行女子略一遲徊，立刻奮然道：「好了，她現在不是剛臥下，還沒有睡著嗎？」

答道：「是的。」

夜行女子道：「丫頭，我為了保全你，只好冒險了。伍公子，現在我就要假裝丫頭，偷偷混進去，好在她已然熄了燈，你聽動靜吧，我只一喊暗號，你趕快叫僕人打著燈籠，進去幫忙。萬一不好，萬一我拿不住她，或者我殺不過她，你也要留神，你要趕快逃命。」

囑罷，便命使女榮芬藏起來，少女便摸著黑，咬牙躡足，徑往內書房門溜進，使女榮芬慌忙藏到女下房，宅主慌忙跑到男下房，男下房已有壯僕持械守夜。趕緊知會了，預備下燈籠，靜聽動靜吉凶。

夜行少女暗提一劍一囊，悄悄來到內書房門口，略一定神，又側身聽了聽，便即犯難入內。床上的張師母正等得發急，一聽腳步，便問道：「芬姑娘，你怎麼解了這半天的溲？」

夜行少女不響，只含糊一諾，便摸摸索索上前。

屋中漆黑無光，雖然漆黑無光，夜行少女已經先時問明了內書房的布置情形，何處有桌椅，何處有書櫥書架，何處有床榻，已由伍吟秋公子說明，不但說明，夜行少女還教他繪出房圖，頂要緊的便是床帳所在處，和門窗的方向，和房心的迴旋退身地步。夜行少女曉得床設在門旁，便把門扇猛一關，做出關閉上門聲響，可是暗中並沒有門上，反而露出一縫：她仍有怯心，怕鬥不過「張師母」。於是樣樣都布置好，將身子移到床榻前，稍不留神，舉步觸著床前放著的矮腳榻，幾乎絆倒。她到底不曾事先履勘過，並且沒做過夜行功夫，她的手往下一扶，按著了床頭倚枕的「張師母」。張師母笑著說：「榮芬姑娘，你慢慢地來呀。」探手一拉夜行少女的手臂，居然攔住手腕，便往床上一拖。

夜行少女似乎有些慌，迫不及待，立刻動手，把包囊一抖一蒙，嗤的一聲，床頭砰騰，隨發銳叫，夜行少女明明覺得包囊中的蒙藥拍落了空，只有得手中匕首，軟膩膩地刺中了對手，對方突然反撲，兩個人摸黑交了手。

夜行少女咬牙切齒，揮短刀連扎，張師母猝出不意，失聲瞋叱，如中箭虎，雙手牙牙叉叉硬來奪刀，同時將整個身子猛箍下來。夜行少女在黑影中左手抓敵，右手連戳，對手不顧性命一般，不閃躲，反進撲，空手奪刀。兩個人滾成一團。咕噔一聲，張師母栽下床來。夜行少女急退不迭，兩隻胳臂被人交關抱住，也被牽扯得仰面跌倒。

黑影中兩人滿地亂滾，張師母的一雙手猛來扼扣少女的咽喉，少女的刀疾來刺張師母的手臉，張師母的手又來搶刀，刀鋒被手抓住，少女疾疾一抽，似乎把對手的手掌勒裂，哎呀一叫，頓然鬆手。

夜行少女一聲不哼，躍身跳起，揮刀尋人下剁，張師母厲聲叫罵，也猛然躍起，奪門欲逃。此時，內書房窗前、門外，已伏了伍府上好幾個健僕，夜行少女振吭疾叫：「你們快來，把她截住！」

恰巧有一個魯莽的干僕，聽清了顛撲之聲，提燈尋門來看，恰巧張師母血淋淋地往外鑽，兩人劈面相逢。夜行少女疾叫：「快抓！」干僕便冒冒失失用身一擋，張師母慌慌張張，奮力一蹴，竟把干僕蹴倒。少女已然趕到，喝道：「看刀！」一尺八寸長匕首奔後心刺去，張師母側身一閃，急急招架，竟被這冒失鬼的干僕雙手一抱，整個抱住，張師母狠狠一掙，少女狠命一揪，干僕與張師母同時栽倒。

伍府僕從好幾個人提燈撲來，百忙中，就燈影裡，七手八腳，把張師母按住，卻忘了拿繩子，夜行少女握住張師母的咽喉，喘吁吁叫道：「快捆上她！」一個僕人應聲奔出去尋繩，那個美婢榮芬戰抖抖湊過來。夜行少女一眼望見，忙叫：「榮芬，快到屋裡，把這賊腰帶尋來。」榮芬嗷應著要走，忽然說道：

「我這裡有腰帶！」把自身外面一件腰巾，趕快地解下來。

張師母手和腳都被人拘住，兩三個壯僕騎在她身上，她不住掙扎，但已無及，夜行少女仍怕她掙脫，很快地接過女婢的腰巾，把張師母雙手反縛了，男僕們見狀也忙各解腰帶，於是左一道，右一道，把張師母捆成粽子，抬到內書房，往地上一丟。夜行少女說：「你們把她抬到床上，我還要審問她！」男女僕婢都擠了來，有的高舉燈籠，有的點上銅燈，有的忙著點蠟，整個的書房擺了許多燈火，照白如畫。伍吟秋公子驚魂乍定，命女僕到內宅告知主婦：「賊已成擒，不要緊了！」主婦管靜宜娘子，很驚慌地攙出來；她又害怕，又要看看真相。內書房裡，裡外擠滿了人，伍吟秋公子遂即發話，只留下兩個健僕看賊，其餘人全命退出。屋中只留下女僕孫媽和美婢榮芬，扶著主婦坐下。夜行少女喘成一團，也搬了一把凳子，坐在屋隅歇息。

於是眾人齊看這個被捕的張師母。張師母被丟在床上：身上只穿著小衣，渾身血跡淋漓。她掙扎著說：「好啊，姓伍的，你還有一套，想不到我栽在你手裡，可是動手捉我的，到底是你們哪一個？」她抬起頭來尋找，她受傷處依然汨汨地流血，她在黑影中遇刺，並不曉得傷她的是哪一個，她只道是自己形色漏了破綻，伍府上諒有護院鏢師，看破了她的偽妝，暗算了她。她又問了一聲：「是你們哪一位把我捉住的？」身子被捆，視聽不便，極力欠身扭頸，看見了伍吟秋夫婦，不由面發獰笑道：「二位主人，你不要苦害我們被難的人呀！請問你們為什麼這樣思索我？我沒有妨害你們，也沒有犯法，難道逃難也有罪嗎？」伍吟秋夫婦正自凝視她，見她花殘月缺似的，姿媚頓滅，她頭上的假髮還在，她裙下的雙翹已然脫落在床頭枕底，業被搜出來，擺在桌上。她已然露出了馬腳，她還不認帳。伍吟秋恨極切齒道：「你這惡賊，你你你……」忽然瞥見男僕和女婢都露出詫容，伍公子想起了門戶之羞，便要把僕婢屏退，起來問夜行少女：「可使得嗎？」

夜行少女點了點頭，當下健僕齊退，只留下使女榮芬，連女僕也遣開了。伍吟秋罵道：「你這惡賊，你圖財行騙，我並不惱恨，就是你打搶我，我也不介意。你卻男扮女裝溷入人家閨閣。惡賊你一定是桑沖之流，你快從實招來！」這張師母微笑不答，半晌方說：「姓伍的，你雖然眼力高，活捉住我，你也不能奈何我。你敢把我交官嗎？是你先存了貪色之心，才把我收留下。你只敢把我送官，我就如實供訴，你的夫人可是跟我……哈哈哈哈……你不嫌丟人，你就害我。要知道你害了我，我也害你；你要我的命，我就毀害你夫人的名節；這無非打個通姦，我才不怕呢。你還能把我殺了不成？」伍吟秋、管靜宜四目對視，都紅了臉。伍吟秋過去打他一個嘴巴，恨道：「我一定從嚴法辦你，我就殺了你，替人間除害。惡賊，你到底叫什麼名字？是哪裡人？有多少黨羽？我跟你素無冤怨，是誰叫你來的？」

張師母笑道：「是你的妻子招我來的，是你自己把我拉進門的。我便是匹馬單槍一個人，可是我還有黨羽，你膽敢把我送官，我的夥伴便跟你沒了沒完。我的姓名，你不必問，說出來你也不曉得我是誰。」他還在肆口威脅，夜行少女坐在屋隅，緩而又緩，歇過一口氣來，偷閃雙眸，眼睜睜看著這個「張師母」，咬牙不語，心中紛亂如麻。此時張師母縱橫被縛，掙扎不得，上身穿淺碧短衫，下身穿淡青肥腿褲，胸前繫大紅金鏈抹胸，顏色側豔，卻從創口殷殷溢血；雖然形容慘淡，鱗傷遍體，竟一點也不怯餒，面上流露疏犯之態。夜行少女看而又看，終於忍不住出了聲，厲聲銳呼道：「張青禾，不曉得你是誰！張青禾，狗淫賊，你睜大了眼，看看我是誰！」

張師母聞聲一驚，扭轉身子，往這邊尋。夜行少女早不待她尋顧，突然站起身，直昂昂立在張師母面前，並且把張師母脖頸一扭，直扭轉來，使得兩人面面相對，便順手端過來一盞燈，高舉床前，兩個人四目對看，燈光輝煌下，這個張師母凝眸看清了武裝夜行少女。

「哎呀，是你，你你你，一定是黎小霞！你怎麼來到這裡？」

伍氏夫妻這才聽明：黎小霞是少女的名字，而張青禾就是男扮女裝的張師母的名字；並且立刻明白：少女黎小霞必與這女妝的張青禾，有著很大的糾葛和怨仇。

夫妻倆看了看這人，又看了看那人，張口欲言又復住口，依然眼睜睜盯著兩人的嘴。只見夜行少女冷笑個不住，說道：「張青禾，你還認得姑娘！你要知道我怎麼來到這裡嗎？狗賊，姑娘就是專心一意，找尋你來的。狗賊，你無端地毀害了我，我姑娘早要一死，可是我不肯白死，現在我就拿著死的心腸，來親自找你來報仇。狗賊，你今天栽在姑娘手心了，好賊子，你拿命來吧！」把張青禾按倒，嗆的拔出了刀，回顧使女榮芬：「快來給我端燈！」

榮芬戰抖抖端不住燈，伍吟秋公子連忙接燈，並加攔阻，少女冷笑不聽，張青禾把眼一閉道：「黎姑娘，果然是你。你要取我的性命，我早應該還給你，但是，你先不要殺我！可容我多說兩句話嗎？」

夜行少女不肯聽他的話，尤其怕他胡言亂道，便要上前趕緊動手。宅主人伍吟秋雖然聽出來夜行少女名叫黎小霞，卻不知黎小霞是如何人。但不論怎樣，他不願意在別墅殺人，鬧出命案，恐受訟累。他就橫身遮住了張青禾，他的夫人管靜宜也忙過來，拉住了黎小霞，吃吃地說：「你這位姑娘，快不要動刀，我們可依法治他的罪。」夜行少女黎小霞冷笑道：「伍夫人，你不要害怕，這個賊子絕不能交官，你若把他交官，他一定嚼舌根侮辱你的名節，你們就不願出人命，我也該挖去他的賊眼，割去他的毒舌，省得教他毀了良家閨秀，再肆口誣害良家閨秀。」說著還要動手，伍氏夫婦再三勸救。

張青禾坐住了，目視眾人，搖搖頭，向黎小霞道：「黎小姐，我不是生來便是惡人，不幸我少喪生父，跟一位女劍客做義子，學會了武藝。我這義母管我太嚴，又不得法，以致我受了小人的蠱惑，闖出大禍，走投無路，才淪入下流。自從我遇見小姐你，我實在是敬你、愛你，很想得你為妻，從此折節洗手，改入正途，我絕不想汙辱你，我實在是……」

黎小霞雙頰一紅，把刀一舉，張青禾連忙以目乞哀，接著說：「我實在覺得姑娘你一派天真、一派英爽之氣，把我籠罩住了，我就私心妄想，如能娶到這樣的女俠為妻，便是死也甘心。我做的惡事很多，獨獨對於小姐你，實是衷心敬愛，好像我的心魂都教你吸住了。我敢自誓，姑娘你若成全我，肯於下嫁我，我對天誓願，改過自新，重做好人。我絕不是因為我的性命在你掌握，我便這樣哄騙你，央告你。就是月前，姑娘在我掌握時，我也不是這樣對你說嗎？姑娘，我對你純是一片真心，姑娘真個覺不出來嗎？難道你一點憐惜我的意思也沒有嗎？」

黎小霞側著臉唾道：「你害得我好苦，我為什麼憐恤你？我一定要拿你的血，來洗刷我的恥辱。」

張青禾嘆道：「姑娘恨我是應該的，我愛姑娘是真心的，我只求你俯鑑我這一片血誠，你便殺死我，我也不悔不怨。」

又轉臉對伍氏夫妻說：「二位主人，你們不曉得，這位黎小姐實是我心目中的愛妻，因她不肯下嫁，我才自暴自棄，她若肯下嫁，我何至於甘居下流呢！」

張青禾這番話與實情很有出入，伍吟秋、管靜宜夫妻聽了，看看張青禾，又看一看黎小霞，兩個人年紀相仿，全都秀美清爽，正是一對璧人。他夫妻倆聽了張青禾的片面陳情，真以為張、黎二人舊有婚約，只為張青禾墮落了，方才解婚，因為解了婚，方才更墮落。管靜宜是婦人，忍不住問道：「黎小姐，到底這個人是你的丈夫嗎？你為什麼不肯嫁他？你可是嫌他不務正嗎？他的意思，只要你肯嫁他，他就學好，你說他真是這樣的嗎？」

黎小霞憤憤道：「他滿口胡言。」

張青禾忙道：「伍夫人，我和黎小姐已然是夫妻了，我們同居多日，無奈她嫌惡我，我才……」

黎小霞大怒，順手一刀，刺中張青禾，罵道：「你還誣衊我！」

張青禾臂上又中一劍，他一聲不哼，反而笑道：「小姐恨我，只管扎我，我絕不皺眉。」

這時，張青禾遍體負傷，沁沁出血，他的臉慘白如灰，並且嘔吐苦渴，看情形就要暈倒。伍吟秋、管靜宜全不懂得，女婢更不知厲害，別人沒有一個插言。黎小霞忍不住說：「這惡賊，你們看，流的血滿處都是，這應該拿藥堵在他的傷口……」

張青禾做出索水的樣子，黎小霞側轉臉說：「你們給他一點白糖水喝吧，不然的話，不等起解，就會倒斃在你們這裡！」

又罵道：「惡賊，便宜你，我本想殺了你，又怕連累了本宅，叫你多活一會兒！」

遂告訴伍公子吩咐健僕，給張青禾敷藥裹傷，又命女僕沖了一杯白糖水，卻是女僕不敢灌張青禾。伍吟秋試探著說：「黎小姐，你可以把這糖水端起他喝。」黎小霞一死地搖頭，不禁又紅了臉，仍由健僕把這杯糖水餵著張青禾了。張青禾吁了一口氣，嘆道：「我的命全握在黎姑娘手心中，殺剮存留，解官私了，全在你了。我現在是靜等著……」把身子一仰，咕噔，躺倒床上，閉上眼，再不說話了。

第十章　情留餘孽

在雄娘子張青禾失腳的數月後，在黎家沖的鄰鎮昭陵地方，一座尼姑庵前，忽一日，來了一位貴婦，攜帶侍女，坐了兩乘小轎，進尼庵焚香隨喜。在方丈室，和廟中住持老尼談了一會兒，隨到後面禪房。那裡，有著一位帶髮修行的少年女尼，和貴婦見了面，不由彼此掉下淚來。貴婦帶了許多素點心、齋食，請少年女尼享用。女尼搖頭苦笑，表示不受。跟著屏退侍女道侶，這貴婦自與少年女尼喁喁私談，貴婦忽大驚道：「哎呀，是真的嗎？怎會有這等事？」少年女尼清癯的姿容，突起紅雲，低下頭來，悄聲說了幾句話。貴婦十分慌忙，連說：「這可怎麼好？人家這裡乃是清修之地，斷乎不能在這裡，姑娘，我看你還是回家……」少年女尼又低低說幾句話。

貴婦越發慌張，一手握住了女尼的春蔥，再三央告道：「那可使不得！姑娘，誰不知道你規矩，你遇見的乃是意外的飛災，怎能說是門戶之羞？短見是決計行不得的，你難道連母親也不顧了嗎？她老人家只為你這回出家，便急得患了一場重病，公公更是懊惱得天天喝酒消愁，你倘若有個好歹，二位老人家豈不要急死，痛死？妹妹千萬不要心窄，這乃是前世的冤孽，已然攤上了，又有什麼法？妹妹千萬保重，最好你現在就跟我一同回去，好在有兩乘轎，是可以坐得開的。我們家人口雖然多，人嘴並不雜，絕不會傳到外面去。好妹妹，好姑娘，你現在就跟我回家吧，我這就去見住持，對她說明了……」少年女尼雙頰越發羞紅，把貴婦攔住道：「嫂嫂，你千萬不要說明。」

貴婦道：「哦，是，是，我不是說明這件事，我是向她說明，你現在有病，必須回家調養，我絕不會告訴她實話的。」

說著邁步往外走，少年女尼依然攔阻不放，眼含淚點，小聲說了好些話，貴婦聽了，皺眉不語，良久方道：「妹妹你越這樣說，我也越不放心。」貴婦又沉吟了片刻，對少年女尼重下說辭，講而又講，把帶來的侍女留下了，命侍女好好小心服侍「姑娘」。然後貴婦又到方丈室，見了住持老尼，說出了姑娘有病，必須還家就醫的話，然後跟少年女尼告別，叮嚀而又叮嚀，含著眼淚，上轎去了。

次日一早，貴婦本人，貴婦的婆母，一位老夫人，貴婦的丈夫，一位紳士，雇了安車暖轎，一齊由黎家沖，來到昭陵尼庵，接取少年女尼，回家養病。少年女尼見了貴婦婆媳，不禁哭啼起來，婆母抱著少尼，幾乎放聲悲號，卻又不願教廟中群尼聽見，全都吞聲忍住。由貴婦人和紳士面見尼庵住持，說明了迎接少尼回家養病，又奉上香火錢，隨即告別登車上轎，這個帶髮修行的少年女尼，便又由昭陵尼庵回到黎家沖本宅了。

這少年女尼，帶髮修行的，便是那遇賊被俘的女俠黎小霞。俠女黎小霞誤陷在人妖張青禾的魔手，因此失貞。後來她自己仗劍尋仇，把妖賊雄娘子張青禾親手捉住，設計送官治罪，黎小霞本人深痛白璧微瑕，感傷懷抱，遁跡尼庵，圖了餘生。竟不料怨緣留孽種，她已然受孕。轉瞬足月，在後院佛樓靜室，竟育麟兒。黎家的人大多要將這個無父的孽子溺斃。卻是這小孩畢竟也是私生子，一生下來，體貌英挺，玉雪可愛，二目清瑩，啼聲洪亮，處處有異於常兒。當那黎家的老人，抱起此子，打算猝下毒手時，這小嬰孩尋視光亮，好像認人似的，雙瞳注視大人，面含嬌笑，手舞足蹈，引得人沒法子再下毒手。

黎小霞姑娘擁被而坐，看見了這情況，意思很有些不忍。黎老夫人也是老眼含淚，悄聲說：

「這孩子錯托生了，可憐，可憐！」眼睜睜一個小性命，誰有這等狠心呢？並且黎府上很久很久沒有小孩了，黎大娘子娶來多年連殤兩女。現在黎宅老小都盼望小孩，礙於顏面，誰也不肯說出保留此子的話；憐此一塊肉，誰也不肯把此子扼斃或溺斃。如此猶豫，小孩子啼哭索乳，黎大娘子跟婆母密議，結果是姑且當小貓小狗養活著吧。

這無父的孽子，便這樣延續了一命。黎小霞娩身之後，未肯催乳，把乳汁很快地截回去，黎大娘子女殤已久，早已沒有乳，姑且用糕干米汁，哺餵小孩。這小孩偏偏長命，只餵米汁，也能得活，並且發育得很好。

這個孽子，他們給他起了一個小名，叫做「熊」，算作黎大娘子的兒子，黎小霞算是姑母。流光箭駛，熊兒已是四歲的小孩了。這時候黎大娘子已生了一男，嫂子為了拉持小的，便把大的交給了姑姑。於是在名分上，小熊便跟著姑姑，其實是生身之母。這小孩非常乖，好像從一生下，便自知犯了過，犯了不該活而貿然活的罪過。他竟非常的頑健，聰明伶俐得動輒惹人憐，但又動輒引人駭怪，他像小女孩似的聽話，家中人他誰都怕，家裡的人起初只是像憐惜小貓小狗似的憐惜他，又像厭惡小貓小狗似的厭惡他。

大人們這樣的態度，其實大不對，卻引起了姑母黎小霞的恨恨不平。起初黎小霞本不喜歡熊兒，為了眾人過於冷待，便又喚起黎小霞的母愛來了。大家全不疼，黎小霞心中暗暗不憤，又被這年才五歲的小孩體驗出來了。熊兒天天親近姑母小霞，所以不久，便離開了他的名分上的娘，來到後樓，跟著這真實的娘、稱呼上的姑姑，同居在一室了。

熊兒到了七歲，應該出就外傅，上學讀書。為了種種緣故，他大門不出，二門不邁，直耽誤到九歲，才攜弟入塾。起了個學名，叫做黎夢熊，黎大娘子親生的那個男孩，就名叫夢麟。黎夢熊挎著書包，和弟弟夢麟開始離家門，蹈到外界。他上學是很聰明的，只是天分既高，但淘氣得出眾，般上般下的同學，比心眼，比膂力，都鬥不過他。他入塾最遲，後來居上，竟然成了鄰童的領袖，就這樣生出是非來了。偶因遊戲，他打了人家的小孩，人家的大人出來叱斥他，他口齒很銳利，竟把大人問住。而且小孩話更氣人，教人急不得惱不得，以此惹起了大人的痛恨。這個鄰家老嫗本來護犢，竟戳指毒罵熊兒：「賊種，野種，天生下流種子，從小看大，三歲知老，果然是私生子，小殺坯！」黎夢熊不甘示弱，依然反唇相譏。到底小孩鬥不過大人，鄰家老嫗連摑他好幾掌，他挨了打，跑回家了。

他把鄰家老嫗罵他賊種、殺坯、私生子的話，學說給母親黎大娘子聽，又說起鄰童先罵了他，說他是丫頭養的，他為此才打架，扯著黎大娘子的手，教她出去給人評理。不料黎大娘子並不像人家婦人樣護犢，反而把黎夢熊痛罵了一頓，不許他跟學伴一塊玩耍，更不許他與鄰童一夥遊戲，堅命他從今以後，下學回家，趕緊領弟弟回家，如果再跟鄰兒淘氣，不問誰是誰非，將永遠不準他上學，永遠禁止他出街門口。

黎夢熊是個早慧的小孩，認為母親太不講理，又不疼他，也反唇相譏起來，哭著說：「我知道娘不疼我，只愛我兄弟，我知道我不是娘親自生養的！」

這一句話說壞了，黎大娘子大怒，揪過來打了一頓，黎夢熊大哭，忙叫：「姑姑救命，我娘偏心眼，又打我了！」

最疼愛他的姑姑，從後樓慌慌張張出來，也不知姑姑和娘說了些什麼話，娘和姑姑起了爭執，兩個人全哭了。娘把外間醜罵的話只略一說，只說出「賊種，殺坯，下流種子」這幾句話，姑姑驀地黃了臉，一向姑姑是愛護他的，這一次不然，竟也揪過他來，痛打了一頓，且打且說：「下流種子！你好孩子，你好捏子，並會給你娘找罵！早知今日，倒不如捏死你！」這一頓打，把黎夢熊如墜五里霧中，尤其奇怪的是娘，一見姑姑生氣，反而央告起來，連連道：「好妹妹別生氣，是我錯了！」

姑姑哭著說：「不是嫂嫂錯，是我的錯，是我的罪孽。」滿面熱淚，一個勁地吞聲嗚咽，不令出聲。

從這天起，他的姑姑竟忘寢廢食，一連哭了好幾夜，而且真個的不教黎夢熊上學了。黎夢熊到底是小孩，最怕大人哭，他竟嚇得跪在黎小霞面前，再三悔過說：「姑姑不要生氣，我再也不敢了，我再也不跟街坊同學吵架了。姑姑別哭了，趕明天讓我上學吧。」

家中情形很像出了大糾葛，爹爹，娘，甚至於太婆，都來佛樓，向姑姑說好話。姑姑一味啼哭，說出了還要帶夢熊離開這家，離開這黎家沖。亂了好些天，他也就廢學好些天，終於這一天，發生新事故了。

姑母黎小霞摟著夢熊說：「熊兒，你不知你跟尋常小孩不同嗎？你本來是個小孽障，你不自安分，弄得在此地沒法存身了。孩子，我要攜帶你逃避家鄉，埋沒在沒人的地方，孩子，你是跟我走呢，還是留在家呢？」黎夢熊說：「我自然是跟著姑姑，我曉得太婆、我娘、我爹，都不很喜歡我，只喜歡小麟弟弟，我知道只有姑姑真愛我，我永遠跟著姑姑過，我不願跟他們，姑姑上哪裡去，我跟姑姑就上哪裡。」這一番孩子話，說得黎小霞越發心酸，嘆道：「孩子，你真是我的活冤孽，你你你太聰明了。」

這時候，老武師黎道朗縱酒致疾，已經謝世，黎老奶奶垂暮之年，也沒有多大壽數了，黎小霞自知久居母家，老母一死，兄嫂能容，也恐姪男長成之後，不能久安；她就向老母兄嫂，說出別離的話。家中便像遭了變故似的，七言八語，感傷哭勸，亂了好些天，黎小霞去志已堅，到底訣別了。

黎小霞帶著黎夢熊，遂遷到昭陵山麓，距離尼庵不遠，是黎姓本家已經半荒廢的山莊。長兄長嫂親來督工修葺，就作為黎小霞守貞習佛之所，發給一個使女、一個老嫗，還有老僕。黎小霞不要這些人，只留下使女執炊。

黎小霞無心習佛，只是閉門課姪，教給黎夢熊讀書習字，並教給他學拳練劍，借此忘愁。黎小霞又想到山居宜圖自衛，既須當心夜狼偷食雞豚，又須留神椎埋小盜肆擾，她便不但督促黎夢熊練武，她自己也把武功拾起來，勤加演練，一來課子，二來防患，三來也可以借此占住了心思，暫忘身世之悲。

晝間無事，她又種菜養雞，一天忙到晚，傷心人別有懷抱，就這樣消磨歲月，把精神寄託小孩身上。

到黎夢熊十三歲那年，黎夢熊一個人入山打鳥，好在近山沒有猛獸，最厲害的只是野狼罷了。黎小霞教給黎夢熊防身的本領，能夠竄高，能夠上樹，能夠發箭、發鏢、發甩箭。只要不遇狼群，他是並不害怕的。於是黎夢熊越來越膽大，竟一個人遠獵到鄰山。山行最易迷路，有一日他獨自逐鹿，誤撞到一座山寺前，叩門問路。寺內僧侶見黎夢熊十幾歲的小孩，宛然做獵人打扮，孤行獨往，頗以為奇。老和尚指示了迷途，便問他姓名、住處，何故一人獨出？父母放心嗎？小孩說實話，告訴老僧，他姓黎，跟姑母山居，父母健在，只是不喜歡他，他算是過繼給守貞獨居的年輕姑母了。

問他：「姑母是誰？夫家姓什麼？」老和尚以為這小孩的姑母，一定是守寡的節婦。黎夢熊答不出來，只說：「姑母也姓黎，跟我一個姓，我從來沒有姑父的，我姑母沒有兩姓，只是姓黎。」問他：「為什麼這樣膽大？不怕狼嗎？」黎夢熊笑道：「我姑姑一身的好本領，全傳給我了，我不怕狼，便是老虎，我也不怕。」又說：「我們家全會武，我祖父乃是有名的武師。」

倚靠他的聰明，他的稚氣，和他的傲然自負，把老和尚招得很詫異，又覺得可笑。他又一點也不靦腆，拿出乾糧來，大嚼一頓，跟著向老和尚要水喝，問這個，問那個。問完，便告辭要起。老和尚嘆道：「這個小孩太聰明了，只是兩眼如秋水一般明澈，似乎早慧些，恐怕將來難逃桃花劫！」

黎夢熊道：「什麼叫桃花劫？我為什麼逃不開？」

老和尚道：「看你這麼詭，原來不懂得桃花運！你不要問，以後你也要懂得了，小檀越，你要自愛呀！」

黎夢熊睜著一對水汪汪的眼，很疑惑的樣子，說：「你的話我全不懂，等我回去，問我姑姑。」扭頭出去了。

這工夫，黎小霞因他逾時未歸，已然攜獵犬出來尋他。姑姑見面，免不了盤詰去向，黎夢熊把老和尚的話，一字一板學說給姑母聽。黎小霞心如止水，驟聞此言，不禁悵觸前情，淒然變色，隨即說了些別的話，勸夢熊一個人不要遠行，見了生人，不要隨便披述身世，「尤其是我們家全家習武的話，不該隨便告訴生人，武林人士往往有恩有怨。孩子你還小，不曉得人間險詐。」說完，也就揭過去了。

流光瞬度，又是一年，黎夢熊十四歲了，黎小霞年逾三十。突然間，昭陵山麓，來了一個遊方道士，山村民戶挨家募緣，並在黎小霞隱居之所徘徊了兩天。到第三天頭上，黎夢熊跟了姑母攀山越險，練習飛縱術，這個遊方道人潛伏在岩樹後，暗暗窺伺良久。因為隔得遠，藏得嚴，黎氏姑姪全不留意。

到第四天，黎夢熊奉姑母之命，往山澗上汲水摘菜，這個遊方道士四顧無人，驀地現身，向黎夢熊打了稽首，說道：「小居士，你可姓黎嗎？」黎夢熊愕然道：「不錯，我姓黎，你怎麼曉得？」

道人逼近了，把黎夢熊上下細看道：「你的母親可叫黎小霞？」黎夢熊道：「黎小霞是我姑姑，你問我這個做什麼？」

道人仍不回答，依然追問道：「你今年一定是十四歲了，對不對？你姑姑的父親，是叫黎道朗？你姑姑的哥哥是叫黎紹光？你們是黎家沖的人，對嗎？」黎夢熊道：「對呀！」他小小的人，心中也怦然聳動，說道：「老道，我跟你不認識，你怎認識我家裡的人？」

遊方道士淒然長嘆道：「孩子，你十四歲了，你卻不知道你的生身之父，你回去問問你母親，不，你問問你姑母，你的姑父是誰？你的生身父親又是誰？你告訴你姑母，現在你的姑父他並沒有死。他受了多年牢獄之災，他僥倖還活著，已經改邪歸正了。你問問你姑姑，可願意見見他嗎？他現在也出家了，他為了悔過，要求見你姑母一面。如果你姑母肯見他，我可以把他領來。」

黎夢熊越發納罕，抗聲道：「老道，你不要胡說，我姑姑從來沒有出嫁，哪有姑父？」便凝眸打量道人，年約三四十歲，面色慘白，只是雙眼炯炯，看人似將入骨，死盯著黎夢熊，連連點頭，好像含著眼淚。黎夢熊潛生厭惡之心，罵了一聲：「討厭！」掉頭不顧，徑回家門。

到了吃晚飯的時候，黎夢熊無心中提起此事，問道：「姑姑，我是有個姑父嗎？」黎小霞正舉碗運箸，聞言突然一震，趕緊把飯碗放下，說道：「這是誰說的？你怎麼無緣故問這個？」黎夢熊忙道：「姑姑別生氣，我是，我是，我是……」

黎小霞忙鎮定心神，道：「我不生氣，你是聽誰說的？」黎夢熊惴惴地望著姑姑的臉，說道：「哪裡呀，是今天，我在河邊，遇見一個遊方老道，他問我，你可知道你有個姑父嗎？他又問我，你可知道你的生身父嗎？」

黎小霞變了色，兩眼直勾勾地看著這個小孩子，半晌道：「遊方道人？這道人什麼樣？多大年歲？姓什麼，叫什麼？哪裡口音，他還問你什麼？怎麼答對的？」黎夢熊囁嚅起來，黎小霞猛一眼看見使女小紅，便吩咐小紅：「把街門掩上，快到廚房，給我泡茶來。」屏退女奴，然後悄悄地謁聲詰問夢熊，黎夢熊只得如實說了。黎小霞嗒然若喪，切齒道：「這一定是他！他竟會沒有死！他要幹什麼？他又找來了，他……」

正自恨詈，窗外忽起了彈指聲，一個艱澀的語音道：「黎小姐，不錯是我，我沒有死，我找來了！我不是幹什麼，我只是向你賠罪，悔罪，我要見見我們的小孩！」黎小霞驀地立起身，目視窗外，厲聲喝道：「張青禾，你還沒死！你怎麼不死？你莫非害了我一生，還不甘休，還不教我貼貼實實活著！」窗外又傳來了央告聲。黎小霞憤起胸臆，一挫身，倏地滅了燈，用手拉起黎夢熊，按他伏隅臥地，很忙地說：「這是賊，你不要動。」火速地抄兵刃，奪門衝殺出去了。月光下，張青禾一身道裝，赤手空拳，向小霞連連作揖。黎小霞不顧一切，叱斥一聲，揮劍猛斫。

黎夢熊蜷伏在屋隅，幼稚的心迷迷惘惘，怦然一動，突然也躥起來。就黑影中，摸索著一把劍，大叫一聲：「姑姑別怕！」也飛身撲出來，緊綴出去了。

荒山風吼，月色淒迷，依稀有三條人影，翻牆越室，此逐彼奔，喧鬥聲中，衝破了夜幕，越去越遠。

張青禾越獄在逃，為懺情補過，苦尋黎小霞，來到此間，圖拾舊歡。黎小霞白璧留瑕，芳心如碎，十餘年來抱恨已深；此日冤家重逢，畢竟能否「將錯就錯」，屈節下嫁，似屬不可測，但想她和他之間，春風數度，情留餘孽，既有著這樣一個熊兒，也許是造化小兒惡作劇，故意給她留下一縷絲牽連，也就給他，網開一面，故意留下贖罪的機緣。

在當日，在夜間，在廚下烹茶的婢女小紅，幾乎嚇掉了魂。先聽見生人叫，繼聽見女主詈，旋聽見一片刀劍交觸聲，腳步崩騰聲，夾雜著辯詰聲、央求聲，以及獵犬繞院狂吠聲，疑心賊來打劫。嚇得她趴伏廚下，抱頭屏息抖戰。跟著是喊止吠停，一種深不可測的寂靜，籠罩全院。一直耗到天明，街門依然嚴扃，屋門依然洞開，殘燈欲滅，鳳去樓空。女主黎小霞，小主黎夢熊雙雙一去，渺然無蹤！

整理後記

《雄娘子》一書實為《劍底驚鯢》續集。上海百新書店 1949 年 1 月出版，上下冊各五章，全書共十章。1992 年 8 月北嶽文藝出版社版《雄娘子》第四章缺約四千五百字，第八至九章缺八千餘字；本次出版，將所缺全部補齊。

雄娘子——白璧留瑕，芳心如碎

作　　者：白羽
發 行 人：黃振庭
出 版 者：崧燁文化事業有限公司
發 行 者：崧燁文化事業有限公司
E-mail：sonbookservice@gmail.com
粉 絲 頁：https://www.facebook.com/sonbookss/
網　　址：https://sonbook.net/
地　　址：台北市中正區重慶南路一段六十一號八樓 815 室
Rm. 815, 8F., No.61, Sec. 1, Chongqing S. Rd., Zhongzheng Dist., Taipei City 100, Taiwan
電　　話：(02)2370-3310
傳　　真：(02)2388-1990
印　　刷：京峯數位服務有限公司
律師顧問：廣華律師事務所 張珮琦律師

定　　價：299 元
發行日期：2024 年 03 月第一版
◎本書以 POD 印製
Design Assets from Freepik.com

國家圖書館出版品預行編目資料

雄娘子——白璧留瑕，芳心如碎 / 白羽 著 . -- 第一版 . -- 臺北市：崧燁文化事業有限公司, 2024.03
面；　公分
POD 版
ISBN 978-626-394-032-1(平裝)
857.9　　113001650

電子書購買

臉書

爽讀 APP